你說，寮國到底有什麼？

○○　　　●●○○○○

紀行文集

村上春樹　●●

目錄

內文攝影

波士頓1　松村映三
冰島　村上陽子
熊本縣　都築響一
其餘照片　岡村啟嗣

你說，寮國到底有什麼?

村上春樹

查爾斯河畔的小徑

波士頓 1

我從1993年到1995年，住在波士頓近郊大約兩年（後來又住了一年），到現在如果要說情景上令我印象最深刻的地方，怎麼說還是查爾斯河畔的道路。因為只要情況容許，我幾乎一整年的每一天，都會穿上慢跑鞋在這條路上跑步。雖然偶爾為了練速度，也會在塔夫斯（Tuffs）大學的400公尺跑道繞圈子跑。但基本上沿著這條河畔的長長步道，就是我的主場（homeground）。

從我所居住的劍橋房子到這條河將近2公里，跑步大約需要十分鐘。在到達河邊之前，必須穿越麻薩諸塞大道這條相當寬的道路，除此之外，都是車輛通行量不太大的安靜住宅區生活道路。其中有幾段斜坡和緩、路樹茂密，上上下下跑過這些坡道，經過哈佛大學學生宿舍的古老紅磚建築後，就看得見查爾斯河了。在綠意盎然中優雅蜿蜒流過的大河，兩岸寬闊的人行步道長長地延續。有幾條橋連接兩岸的路，在MIT（麻省理工學院）附近沿河往下走時，這條河終於成為波士頓市區和劍橋市的自然分界線。來到這裡時，差不多已經可以看見大西洋了。

夏天路樹在這散步小徑的路面，撒下清晰而涼快的樹影。波士頓的夏天任誰怎麼說，都是個美好的季節。哈佛大學和BU（波士頓大學）的學生們，都在拚命為划船比賽做練習。女孩子們在草地鋪上毛巾，一邊聽著iPod，一邊非常大方地穿著比基尼做日光浴。賣冰淇淋的貨車開來了。有人邊彈吉他邊唱歌。狗正追逐著飛盤。然而不久後，新英格蘭獨特而短暫的美麗秋季將取而代之。圍繞著我們的壓倒性深濃綠意，將一點一點逐步讓位給淡淡的金黃色。而當跑步用的短褲上必須加套一件棉褲時，秋風也開始飛舞黃葉，橡樹子紛紛掉落在柏油路面，四周響起堅硬乾燥的「咚、咚」聲。到了這個時節，松鼠們也為收集食物、準備過冬而神色慌張地四處奔跑。

萬聖節過後，這一帶的冬天便像能幹的稅吏般，沉默而確實地降臨。吹越河面的風，像剛磨過的柴刀般鋒利、冷冽。我們戴起手套、把毛線帽拉到耳下，有時還戴上面罩跑步。不過如果只有冷風還好，只要想忍，還受得了。致命的是大雪降臨。

積雪終於化為巨大滑溜的冰塊，堵住步道。於是我們只好放棄跑步，到室內泳池去游泳，或在無聊的健身車上一邊鍛鍊體力，一邊耐心等候新春，等候冰雪融化，能再回河邊跑步。

那就是查爾斯河。人們來到這裡，以各自的作風，度過自己與河相關的生活。有些只是優閒地散步、有些牽著狗遛狗、有些騎單車、有些跑步、有些玩直排輪（老實說我真無法理解，那樣危險的玩意兒怎麼稱得上「玩樂」）。人們就像被什麼牽引著似的，聚集到這悠緩的河流沿岸來。

我想，在日常生活中，眼睛能看到大量的水，對人類來說或許是一件意義重大的事。雖說「對人類來說」也許有點過分，不過至少對我來說，似乎是相當重要的事。我如果有一陣子看不到水，就會覺得自己好像正在繼續一點一點地失去什麼。那或許多少有點像非常喜歡音樂的人，因為某種原因長久遠離音樂時，所感覺到的心情。或許那也和我生長在緊鄰海邊多少有點關係。

但無論如何，來到河邊，從朗費羅橋一帶的散步小徑開始跑步之後，我就像回到熟悉的地方了似的，覺得心情好舒坦。這種「心情舒坦」如果以稍微長一點的文章，以及漢字仔細解說，就是忽然感覺到「啊，我這個人，像這樣基本上並沒有什麼特別的意義——不過實際上無論如何依然擁有末端的自我——以眾多不合理的卑

查爾斯河畔的小徑

微而紛亂的萬物之一，存在這裡」般的事實。不過要一一道出這些實在說來話長，因此就簡單說「心情舒坦」了。

水面天天微妙地變化，水色和波浪形狀，或流水速度都在變。而且季節使得圍繞河邊的植物和動物模樣，分別在不同階段逐漸明確地改變。各種尺寸、各種形狀的雲，忽然不知從何處湧現又消失，河面承受陽光，將那白色雲形的飄動，或鮮明或曖昧地映在水面。不同的季節，風向也像切換開關般地改變。我們可以從那觸覺、氣味和方向，明確感知季節推移的刻度。在那真實感覺的流動中，我感受到自己這個存在，只不過是大自然的巨大馬賽克拼圖中的一小片而已。就像朝鮮民主主義人民共和國的壯麗團體舞中的一個人那樣。不管這比喻是否恰當，不過感覺還不錯。

麻州從波士頓到劍橋這個地區，對喜歡慢跑的人，可以說是相當理想的地方。雖然不敢斷言波士頓是慢跑者的聖地，不過這個都市的慢跑人口，比其他都市應該多很多。因為波士頓重視健康，因此不惜投入時間和金錢的白領階層知識分子（前一陣子這些人還被稱為雅痞（Yuppie））相當龐大。所以街上和跑步有關的商店也相當完備。其次像是「New Balance」這樣的慢跑鞋廠商，這一帶也有好幾家本地的慢跑相關企業。而且比什麼都更重要、更重要的是，波士頓擁有波士頓馬拉松。

到了3月堅硬的雪終於融化，接著地上討厭的泥濘乾了，人們開始脫下厚外套，大家一起出現在河畔（河岸的櫻花要等很久之後才會開。這地方櫻花是5月才開）、感覺「差不多一切都準備就緒……」時，波士頓馬拉松就來臨了。這擁有悠久傳統的著名馬拉松大會，我總共參加了四次（注：以現在這個時間點來說總共跑了六次）。91年、92年、94年、95年。93年很遺憾因為寫小說忙而放棄出場，雖說不得已，不過那一年總覺得很難過。無論如何，這馬拉松大會對我來說，說得誇張一點，已經變成像我精神上的故鄉般的大會了。

那麼當然會有人要我說和其他馬拉松大會比起來，波士頓馬拉松到底什麼地方，對你來說那麼美好呢？當然有很多理由。不過大家也沒時間聽那麼多，如果要我舉一個理由，我可能會回答「首先再怎麼說就是，那裡擁有情景上的魅力」。那裡確實擁有情景上的魅力。

比賽路線從霍普金頓（Hopkinton）這郊外的小地方開跑，然後穿過漫長的綠色田園風景，跑過雅致的高級住宅區，向右轉九十度，翻過傳說中的嚇破心臟之丘（當然心臟不會真的嚇破，只是非常難熬而已），最後終於進入波士頓市區，在離出發地點26英里多的市區摩天樓前戲劇性地結束。春天的麻州光景當然美麗，但老實說，也不是特別美到無法形容的地步，應該還有很多風景更美的地方。

但在這26英里的跑步路程中，一一展現在我們眼前的風景裡，卻有某種深深打動我們心靈的東西。我跑過紐約馬拉松，跑過夏威夷檀香山馬拉松，那些路線也都在我記憶中留下美好印象，不過我感覺到波士頓馬拉松路線的風景中，似乎擁有

參加波士頓馬拉松的村上，目前為止共出場 6 次

其他大會所看不到的某種特別東西。那到底是什麼？每次我跑在那條路線時，總會想。「這風景到底有什麼是對我們來說那麼特別的東西？」然後有一次，我忽然想到。那情景中——用這麼麻煩的用語真抱歉——確實含有一種「概念設定」般的東西。這麼說可能也很難懂。對了，如果以英語來說，或許比較接近determination（決意、堅定）這個字。換句話說，可以從那裡明確感覺到那情景中含有「這就是我們想要的馬拉松的樣子」這明確的決定……。

我當然不知道，誰在什麼時候做過這麼奇怪的決定。不過那確實在那裡。而且我們跑者對那決意的概念，能一邊跑，一邊讓感情完全同化到不可思議的地步。這怎麼說，都該稱為特別吧。

您可能會說「哼，只不過跑個馬拉松，需要有什麼決意的概念，真受不了。」這種心情我也不是不能了解。不過這比賽所擁有的那種snob（附庸風雅的人），某種意義上，竟然和新英格蘭這區域所擁有的snob正好互相重疊。我覺得不管喜不喜歡那些風景和那些決意，總之已經成為表裡一體、分也分不開的東西了。那恐怕是和歷經百年漫長歲月，累積了許多人的手的溫度，並靠「東西越古老越好」的波士頓人特有的頑固，曾幾何時逐漸形成的determination（決意）。總之我到現在腦子裡還可以依順序想起「到那邊、到這邊、那邊有那個，這邊有這個」。就像可以鉅細靡遺地想起生平第一次約會時的順序那樣。

跑完全程後，我就直接到Copley Place的「Legal Sea Foods」海鮮餐廳去，先喝冰冷的Samuel Adams啤酒。然後吃蒸的美國車厘蜆。看見我脖子上掛著跑完全程的徽章，女服務生對我說「Oh, You are one of those crazy people, aren't you?」啊，你也是那些瘋子之一嗎？是的，我也是其中之一。謝謝。這時，我終於湧起「啊，今年也跑完波士頓馬拉松了」的踏實感。

不過真正美妙的，可能是跑完後的第二天。第二天早晨，我跟平常一樣從家裡跑到查爾斯河畔。不用說因為前一天才跑過馬拉松的關係，腳很痛沒辦法跑多快，也沒辦法跑多遠。不過總之跑到河邊來，然後一邊望著河裡的流水，一邊在平常跑步的散步小徑輕鬆地、慰勞身體般地跑。不需要趕。不管怎麼說，最重要的比賽已經結束了。雖然跑的成績不怎麼樣，也不是毫無遺憾的地方。沒有誰會讚美。在別人眼裡看來，我也只不過是那些瘋子之一，one of those crazy people 而已。總之，我這一年來每天早晨繼續健康地跑步，結論之一是，我還能跑完波士頓馬拉松。這難道不是一件很美妙的事嗎？雖然微不足道，不過也不妨稱為一種成就吧。

我深深吸入一口春天的空氣（幸虧我沒有花粉症）。親眼看見櫻花的花苞已經膨脹起來。波士頓的櫻花要到五月初才會盛開。雲安靜而緩慢地飄流著，一群鴨子一邊優游自在地高聲啼叫，一邊隨波逐流地穿過橋下往下游游去。就像一群愉快嬉戲的小孩那樣。接著前方迎面出現和我一樣拖著腳步跑來的中年跑者。擦身而過時，我們彼此露出會心的微笑，輕輕舉起手打招呼。

然後，我們可能已經開始在想明年春天的事了。

〈追記〉

不用說，2013年所發生的「波士頓馬拉松恐怖爆炸事件」對全世界的人，尤其是對跑步的市民來說打擊非常大。馬拉松賽跑，是人們以最無防備的狀態聚集在一起的場合。他們為什麼非要特地挑選那樣和平的場所當成攻擊目標不可？但願大家能超越悲哀和憤怒，讓波士頓馬拉松保持那獨特的友善氣氛，永遠繼續存在下去。

有青苔和溫泉的地方

冰島

1 作家會議

今年九月我去出席了冰島在雷克雅維克（Reykjavik）舉辦的類似「世界作家會議」的活動。說起來其實我並不擅長正式活動、招待、演講、聯誼、聚餐之類的事，因此這類場合我首先就不會露面。不過當冰島的邀請函從天外飛來時，我沉思了一下，攤開世界地圖望著冰島，然後決定去看看。因為如果不是這樣的機會，我恐怕也不會去到冰島。從地圖上看來，冰島似乎真的是在世界的極端。幾乎已經一腳踩進北極圈了。在那最極端的地方到底有什麼呢，不禁想去看個究竟，這也是我的毛病之一。

其次我的小說《人造衛星情人》9月正好在冰島翻譯出版。這是繼《國境之南、太陽之西》之後第二本冰島語的翻譯。不過說到冰島，就會想到這是一個人口僅有30萬出頭的國家。雖然不太清楚詳細情況，但是說不定東京都港區的人口還比較多？在那樣小的市場竟也出版我的小說譯本，一定不合算吧。想到這裡，不禁改變心意，轉念之間不如乾脆趁這個機會走一趟好了。冰島到底是個什麼樣的國家？人們在那裡到底想什麼？過什麼樣的生活？

2 空空曠曠的國家

從東京到雷克雅維克沒有直航飛機，因此先到哥本哈根，在那裡轉冰島航空的飛機。到哥本哈根大約十小時半，從那裡到雷克雅維克需要三小時多。加起來是相當長的旅程。我讀了四本書。

冰島的面積大約相當於四國加北海道，說大，也相當大。雖然如此，就像剛才說過的那樣，人口卻只有30萬人多一點，因此感覺相當「空曠」。當然是歐洲人口密度最「空曠」的國家。從數字上聽起來想必也相當空曠，實際去到一看也真的沒什麼人。當然雷克雅維克是首都，是都會，因此（人口的一半左右集中在這裡）自然相當熱鬧，早晚也有相當塞車的時段（因為幾乎沒有其他交通設施，因此大家都開車），租了車稍微開離市區遠一點時，就真的是名副其實空空曠曠的國度了。車子一直開一直開，都沒遇到別的車子，也沒看到人影。人口856人，或348人的小地方，人也稀稀疏疏，只在忽然想到時才會出來露個臉似的。一個村子和一個村子之間，長有青苔的廣闊熔岩台地無止境地延伸。畢竟是擁有這麼大面積的國度，電話居然沒有市外號碼。國土之內，一律都以市內電話通行無阻。

冰島在歐洲之中算是新的觀光地，最近相當受到矚目，因此一到夏季來臨時，由於觀光客的帶動，某種程度還算熱鬧。但我去的時候是九月初，已經完全是秋天了，幾乎沒有觀光客的影子。大多的旅館已經結束營業，或大幅縮小營業規模。全國充滿了要「關店歇業」的氣氛。託這個福，可以歷歷感受到北國邊境的寂寥。我以前不知道，不過冰島的觀光產業大約在5月開始，8月底幾乎全部結束。短暫的秋天就像換幕的中場休息般，緊接著漫長而黑暗的冬季就來臨了。

雖說是9月初，冰島確實冷。完全沒有像日本那「殘暑難熬」的情況。穿上毛衣，穿上皮夾克，圍上圍巾，是日常的普通裝備。總之風很冷。如果才剛進入9月就這麼冷了，不禁擔心嚴冬不知道有多冷，但據說實際上真正的嚴冬並沒有太冷。由於墨西哥暖流會流到冰島附近來，因此相對於它的高緯度，冬天並沒那麼寒冷。倒是緯度較低的歐洲各國，反而比較嚴寒。冰島人主張「和紐約差不多冷啊」。不過暫且不提冷不冷，由於位置處於無限接近北極圈的地方，因此冬季的夜晚變長。在北方一天之中太陽只出來兩小時，因此，其他時間都只有從漆黑到昏暗之間的漸層變化而已。人們只能在家裡，不是讀書，就是看出租錄影帶。那樣的地方，一般觀光客應該不會想來吧。

因此，9月初才會舉辦「世界作家會議」那樣的活動。觀光客已經大幅減少了，所以飯店也比較容易訂到。

3 喜歡讀書的國家

關於作家會議，沒什麼可寫。我所做的包括自己作品的朗讀、現場公開採訪和兩家報紙的採訪、冰島大學的演講（之類的）、書店的簽名會，還有出席大會的宴席，並在雞尾酒會上和作家談話。做不習慣的事畢竟很累。真的。不過能和冰島的年輕人促膝交談，倒非常開心。其次，也和鄰座一位開朗的婦人閒聊，還收到她送的紀念品，後來才聽說，那是冰島著名的前總統。真是一位不擺架子的平常人。

我到冰島去最驚訝的事情是，人們非常熱心讀書。可能和冬季長，留在室內的時間多也有關係，在這個國家，讀書似乎是非常有意義和價值的事。我也聽說從一個人家裡擁有多像樣的書架，就可以衡量出這個人的價值。以人口數來說，書店數也相對算多，冰島的文學風氣很盛。赫爾多爾・拉克斯內斯（Halldór Kiljan Laxness）於1955年獲得諾貝爾文學獎。據說他去世時，代表作長篇小說《獨立的人們》在廣播節目中連播數星期，在那期間全國人民真的都守在收音機前聽。巴士停止行駛，漁船停止作業。真了不起。冰島作家的人數也多，據說光是雷克雅維克就有340人登記為「作家」。正如永瀨正敏所主演的電影《冷冽熾情》（Cold Fever）〔弗里德里克松（Fridrik Thor Fridriksson）導演〕提到的那樣，冰島是全世界作家人數佔人口比例最高的國家。

冰島人幾乎人人能操雙語，英語流暢，雖然如此，他們對冰島文化和語言所懷抱的愛和自豪，即使從我這樣一個旅行過客看來，都覺得相當明確。冰島語是一種接近古代挪威語的語言，從西元800年左右開始，在結構上幾乎沒有改變。當時在歐洲文學性受到高度評價的「冰島薩迦」（saga，尤指古代挪威或冰島講述冒險經歷和英雄事蹟的長篇故事）所使用的語言，到現在依然一脈相承。試想起來，千年以上的敘事語言，若以日本來說，就是和《源氏物語》時代相同的語言，到現在都還作為語言被使用著，真是一件了不起的事。

只是外國人要學冰島語卻似乎相當困難。無論問任何冰島人，都說「冰島語非常難喏」。首先從發音來說，要完全學會就不可能。因為走到哪兒，英語幾乎都能通（但開車離開雷克雅維克之後，英語漸漸變得有幾分奇怪），以旅行來說完全沒有感到不方便，只是這語言不知怎麼不可思議地吸引我的興趣。

為什麼冰島語能歷經漫長歲月而沒有改變呢？最大的原因，畢竟這裡是歐洲的真正「邊陲」，不容易來往，和其他文化的交流，一直到最近之前都還不盛行。長久以來，外來文化和外來語，都只進來一點點，因此語言也保留得比較純粹。冰島人對自己這樣的文化特色，意識很高，到現在都盡可能不使用外來語。例如 fax 和 computer 這類用語，也不照用，而是仔細轉換成冰島語來用。這種地方就和日本相當不同。

4 冰島有點奇怪的動物

說到不變的，連冰島的動物也和語言一樣，從以前到現在都沒有太大的改變。因為冰島嚴格限制從外國帶動物進來。那是有道理的。過去冰島在不算長的歷史中（冰島的歷史從第9世紀開始，在那之前這島上幾乎處於無人狀態），他們曾經歷好幾次因為從外國帶進疫病，造成家畜全數滅亡，或人口銳減的痛苦經驗。在狹小的島上無處可逃，而且免疫力也不強，只要疫病進來一次，往往就會造成無可收拾的局面。因此嚴格限制從外國帶進動物，結果，許多動物就以「冰島模樣」獨自完成進化。例如冰島的羊沒有尾巴。聽冰島人說：「我生平第一次出國時，看到羊有尾巴，非常驚訝。」

我因為不吃羊肉，所以不太清楚，據說冰島羊肉的味道和其他地方有點不同。聽冰島人說，冰島的羊，從以前到現在都是吃有香味的自然牧草長大的，因此肉也有自然的美好香味。我太太喜歡羊肉，經常吃，她說冰島的羊肉「味道有點奇特」。

冰島的馬，也和其他地方的馬相當不同。初期殖民時代帶進冰島來，從此幾乎沒再混其他血統，因此還原貌留著古代斯堪地那維亞馬的模樣。整體上體格較小，鬃毛非常長。有點像從前的電吉他樂團（group sounds）的歌手邊把長長的瀏海往上一撩、邊往這邊走來那樣，甚至讓人覺得有點性感。冰島馬，適合在冰島的廣闊曠野上奔馳，耐性強，性格溫和，容易駕馭，在歐洲好像也頗受歡迎。過去曾經是在島上唯一的移動手段而深受珍惜，但現在大家都改乘大型四輪驅動車，當然已經失去原來的用途了，不過倒還盛行騎馬當作休閒娛樂。冰島馬雖然不適合賽馬用途，但很適合普通騎乘，到處見到騎馬俱樂部。畢竟是土地寬闊的地方，騎馬馳騁想必十分愉快。

冰島的貓，我感覺好像也和其他國家的貓相當不同。我因為喜歡貓，因此到各個國家去時，都會詳細觀察那裡貓的外型和氣質，冰島貓相當耐人尋味。首先和人口數比起來貓的數量就顯得相當多。在薩哈林（庫頁島）看到的都是狗，在冰島貓卻壓倒性的多。在雷克雅維克散步時，經常遇到貓。全都是體型相當大的貓，毛色也漂亮，看來被照顧得很好，很容易親近。而且全都戴著項圈，上面寫著名字，清楚註明所屬主人。可見都被珍惜地飼養。這種貓相當自由自在地在街上悠哉散步。叫牠「過來」（用日語）時，會乖乖走過來。如果要問我冰島貓和其他國家的貓有什麼不同，我覺得表面上好像沒什麼不同，只是性格上相當穩重大方，對人的警戒心似乎比較少。或許這些貓，在北方的土地上，完成了某種特別的內在變化也不一定。總之對喜歡貓的人來說，確實是個可喜的地方。光走在街上就令人心平氣和。

5 吃在冰島

冰島的主要產業是漁業。因此當然，魚既新鮮又美味。這對日本旅客來說非常可喜。在蒙古和土耳其旅行時，所到之處都只有羊的狀況，對不習慣多吃肉的我實在相當沒轍，這次冰島行，所到之處都有新鮮的魚，真是得救了。一走進餐廳，不必一一看菜單，只要點「本日魚定食」就行了。於是大多會端出煮的或炸的白肉魚。

量都很多，吃得很過癮。搭配的菜色也很豐富。

冰島是個各種物價都很貴的地方，這種定食也絕不便宜。午餐吃定食，大約2000日圓左右。而且是在極普通的常見餐廳吃的就要這價錢了。以午餐來說，覺得好貴。不過味道相當不錯。其次每家餐廳都有「海鮮湯」。一喝這湯，全身立刻暖烘烘起來。湯裡放有許多白肉魚、鮭魚、蝦、干貝、紫貽貝這類豐富食材。我也很喜歡這種湯，算還經常喝。

不只食物，酒類價格也相當貴。飲酒過去在冰島一直是個問題（可能因為冬季既長又嚴寒的關係），長久以來持續實施禁酒制度，到了近年才廢止。冰島居然到1980年代末期，都完全無法喝啤酒。當然很多人在自家儲藏室自製啤酒喝，走私業者也想盡辦法從國外大量帶進啤酒。例如漁船的船員們會躲過海關的監視，悄悄運進來。因為漁船數量多，海岸線又長，因此作業起來並不太難。自古以來，禁酒制度就不曾發揮過效力。冰島的傑出電影導演弗里德里克森的傑出作品《光影歲月》(Movie Days),就是描寫1960年代的雷克雅維克生活,片中提到因啤酒走私而致富,過著優雅生活,擁有附近唯一電視機的男人,這位主角少年時曾經幫忙搬運啤酒箱,以賺取小費。在那裡走私威士忌似乎「碰不得」,有罪惡和粗暴的感覺,但走私啤酒的印象則沒那麼嚴重,只是搬起來重而已。

冰島政府在解除禁酒制度後,改課以高關稅來限制飲酒,因此酒類價格變得非常高。在餐廳如果喝葡萄酒和啤酒的話,看到帳單會嚇一跳。要限制酒精攝取量,比起禁酒令,似乎這樣更能實際發揮效力。不過我實在無法想像如果在日本喝啤酒也變非法的話,該怎麼辦。只好亡命到國外去了。

6 尋找海鸚

冰島的著名產物海鸚（Puffin），又稱海鸚鵡。你知道海鸚嗎？日本又稱花魁鳥（Etupirka 愛奴語 etu 是喙，pirika 是美麗的意思）。海鸚長得真奇怪，明明是在北極附近活動的鳥，喙卻像南國花朵般極其鮮豔，腳也是橘紅色，完全不像北方的鳥。眼神有點像阪神（↓樂天）隊的星野教練。一到春天就集體成群聚集在海邊的懸崖上，築巢育雛，到了秋冬則飛到海上，吃魚維生。不吃什麼生菜或燒肉之類的，光吃魚。據說一年之中大約有七個月，完全腳不著地，只在海上度過。就像《海上的鋼琴師》那樣。雖然全世界有各種鳥，但應該沒有像牠們那麼醒目，一眼就能認出來的鳥。只要看一眼就知道「啊，這是海鸚！」總之太顯眼了。肚子雪白，背部漆黑，這方面跟企鵝很像，這模樣從魚的眼睛看不容易發現，背部是為了吸收太陽的熱。各方面都合理地考慮周到。喙為什麼要那麼鮮豔？倒沒說明。

老實說，冰島是夏季全世界海鸚聚集最多的地方。不但最多，而且在總量所佔的比率也壓倒性地高。因此冰島被稱為「世界海鸚首都」。其中又以冰島南岸的小群島韋斯特曼納群島（Westman Islands），以海鸚聚集最多而聞名。據說大約有600萬隻海鸚在這裡築巢產卵。600萬呢！冰島人口才不過30萬人，這樣想來真是不得了的數目。

因此我想如果到冰島去一定要到這個島去看看海鸚的真面目，但打電話到當地詢問「有海鸚嗎？」居然回說「真可惜，海鸚鵡都已經結束育雛，飛到海上去了」。在8月的最後一週，海鸚們全都離開棲地，轉而進入海上生活模式了。真遺憾！我在那個時候，還不知道海鸚一到秋天就會出海的事。「不過，有一小部分小鳥還留下來喲。」

小鳥？

海鷗的父母，在養育小孩到某個程度之後，就會像「以後就靠你們自己了喔」，很乾脆地飛到海上去，留下還不太懂事的孩子。孩子們有一天早晨醒來時，發現自己已經被父母遺棄。沒有人會來餵牠們了。雖然靜靜地等了一會兒「怎麼還沒送飯來」，但一直等，父母都沒回來，肚子越來越餓，逼不得已只好從巢裡出來，憑本能揮動羽毛，飛到海上去，自己找食物吃。沒能順利叼到食物的小海鷗就那樣死掉了。非常簡單的世界。人類就沒辦法這樣吧。被父母遺棄的話，就算能順利活下來，還是會留下精神創傷，造成往後人生的障礙。但直到昨天為止還不辭辛勞地勤快送飯給孩子的海鷗父母們，怎麼有一天就「以後不管你了喔」，態度突然轉變，忽然不知去向，這樣一清二楚的人生觀似乎有令人刮目相看的地方。

雖說有自然的本能，但並非所有留下的小海鷗，都能往海的方向順利飛出。有不少小海鷗搞錯方向，往相反方向的街上走去。因為街上比較亮，感覺也比較熱鬧，好像有什麼快樂的事，就這樣，不知不覺間就被街上吸引去。這種心情我好像也可以了解。但這卻不是正確的。這些都市取向的夥伴們在夜晚的街上搖搖擺擺地徘徊。有的被車子輾過，有的被貓或狗襲擊，有的則感覺「肚子好餓啊，昏昏沉沉的」就餓死了。這些迷途失散的小海鸚，被街上的小孩好心地撿起來，放進紙箱裡，帶回家去餵，到了早晨則帶到海邊去，讓牠們乘風飛起。這已經成為恆年的慣例了。整個社區推行這種「拯救小海鸚作戰計畫」正好就在9月初。

感覺這應該相當有意思，因此我決定到那島上去看看。島的名字叫赫馬島（Heimaey），是韋斯特曼納群島中唯一有人居住的地方。人口４４００人，漁業非常興盛，雖然是個小島，但這裡光是漁獲量就佔冰島營業額的15％。不用說，海鸚也是被周邊豐富的魚群所吸引而在此聚集。這島在有海鸚棲息的時期，觀光客因為想看海鸚而蜂擁前來，季節一過則變得空蕩蕩的，可以立刻訂到旅館。我從雷克雅維克近郊的小機場（從前曾用作美軍基地），搭乘舊式雙槳螺旋槳飛機，搖搖晃晃地逆風飛到島上。隨著接近島時風勢逐漸轉強，最後晃得令我不安起來，心想

「真的能好好著陸嗎」？

風實在真強。在島上的機場下了飛機，才走出建築物一步，身體就像要被吹走似的，強風直吹。而且不是像突然吹來一陣風，而是持續不斷地咻咻吹著。風中還夾著小雨。聽島上的人說，經常都是這樣。雲低低的，天氣經常在變，常常下雨，海大體上都波濤洶湧。聽說海鸚們滿喜歡這種氣候。不過我並不太喜歡。

風一整夜吹個不停。飯店門口排列著各國國旗，被強風吹得啪搭啪搭響，弄得我實在沒辦法入睡。只要側耳傾聽，到現在都覺得聽見那旗子徹夜響個不停的聲音。

「到了晚上十點左右，肚子餓的小海鸚會走到馬路上來。」雖然聽飯店的人這樣說，但因為風太強，又夾帶著雨，因此只走到路上一下，立刻就放棄，轉回飯店。在這種地方如果半夜去找小海鸚的話，我覺得恐怕救到小海鸚之前，自己身體就先搞壞。因此，我們那天看到的，只有在港口附近的一隻小海鸚屍體而已。小海鸚不

搶救失散小海鸚大作戰

像父母，完全沒有鮮豔的色彩。只要想像普通海鸚的黑白版，就是小海鸚了。老實說，變成黑白版之後，會有「怎麼，這就是海鸚？」的一股無力感。不過在還是無力的小孩時，如果顏色鮮豔，太顯眼，反而會成為肉食海鷗和其他動物的獵食對象，因此色調特地保持樸素一點也好。在成長過程中身上逐漸加上顏色，一年後才好好長成鮮明的色彩。總之，那黑白的小海鸚在港邊的牆角死掉了。死因不明，但沒有傷口，所以可能是餓昏而死掉的。

街上有一間小小的自然博物館，裡面展出生息在冰島的各種動物和魚類標本。都是很小型的展示，如果期待看到大膽的東西，可能會稍微失望，不過氣氛相當好。我去的時候，沒有任何其他客人，可以優閒地花時間看展示物。即使是猛一看很樸素的魚，仔細看時也相當有趣。北極圈的魚，仔細看時很多都是奇形怪狀的。因為牠們都是喜歡徘徊在陰暗的寒冷海底（是否如此並不清楚）的傢伙，因此和南方的魚精神上可能相當不同。

館長（其實館員只有他一個人）很親切，而且好像也很閒的樣子，我一提出問題，無論任何事情他都親切回答。我試著問他，還有小海鷗嗎？他說：「嗯，還有很多。現在這裡也保護著一隻。想摸摸看嗎？」於是從後面房間的一個紙箱裡抱出一隻小海鷗來。讓我抱。近看起來非常可愛。乖乖的，抱著也安靜不動。可能肚子餓了吧，館長餵牠幾隻小沙丁魚時，就一口一口非常快地吃掉了。

「明天早上，準備帶牠到海邊去放生。」他說。這個島因為風很強，所以只要往空中一放手，牠就能乘風飛起。風強，這時候倒很方便。

館長說：「東京都葛西的臨海公園水族館開幕時，從這個島帶了海鷗過去。所以那裡的那些海鷗，就是這個島的海鷗喔。我那時候也受邀到日本去。停留一星期，也去了京都。嗯，很愉快。好多人哪。」我也去過一次臨海公園的水族館，但不太記得海鷗的事。覺得好像有⋯⋯。下次要好好去看看。

在回程渡輪的甲板上，目擊了孩子們實際把小海鷗放到空中的模樣。因為天候實在太差了，那天的飛機全部停飛（飯店的人說，這是經常發生的事），沒辦法只好搭渡輪吃力地回到冰島本土，但因此才能親眼看到那光景。跟父親一起搭渡輪的男孩，從帶來的紙箱裡抱出黑漆漆的小海鸚，邊說「要乖乖喲」邊撫摸著牠的頭，然後把鳥拋上夾著雨的強風中。小海鸚「哎呀呀」吃了一驚，暫時發呆一下就往那邊的天空飛去，然後終於降到海面，漂浮在那裡。轉瞬之間，化為小黑點，消失在波浪之間看不見了。小海鸚應該可以想辦法在那裡活下去吧。而且明年春天，又會回到這個島來。「加油喔！」我不禁這麼說。

就這樣，海鸚似乎成為這個島的吉祥物，而且同時海鸚長久以來對島民來說，也扮演了珍貴食物來源的角色。不過，因為島上有數量非常龐大的海鸚，因此吃掉少數，海鸚也不會絕跡。海鸚雖然在面海的懸崖上築巢生活，不過到懸崖邊去，用網子補，還是簡單就可以捕獲。我在電影上看過捕海鸚的現場實況，捕海鸚的男人把網子咻咻地搖晃，一會兒之間「哇啊啊」海鸚就被捕了。

聽說（我沒實際看到所以不知道怎麼樣）本地人好像把海鸚整隻烤來吃。不過以觀光客為對象的餐廳，整隻烤畢竟過於刺激，因此會做成看不出模樣的菜色。我是不吃鳥的，但我太太吃了「本日的海鸚特餐」。她說跟雞比起來，味道可以說滿有野趣，或有點怪。可能有點像痲雀，所以調味加了濃重的醬料。「應該不會特別想再吃一次。」她對食物的好奇心比一般人強，無論是蛇或螞蟻或美洲鬣蜥，只要出現在菜單上的不管什麼，她都會想嘗嘗看。而她幾乎都會說「我不會想再吃一次」。不過對本地人來說，可能會覺得「海鸚，吃不膩，味道很好啊」。味覺是有地方性的。

7 斯奈菲爾半島

從韋斯特曼納群島回到雷克雅維克，在那裡租了車，往北一直朝斯奈菲爾半島（Snæfellsjökull）前進。本來想到更北邊的真正峽灣地帶去的，但很遺憾時間不夠，因此只能到西海岸中部的這個半島繞一圈看看。

本來想租四輪驅動的堅固車子，但在電話上問過價錢實在太貴，小氣的我立刻放棄地說「那麼Toyoto的Corolla就好了」。實際上到租車行一看，他們所準備的卻是更小的綠色Daewoo（韓國車大宇）。跑過相當遠，懸吊裝置已經有點咖搭咖搭鬆動了。車前玻璃窗上有因飛石造成的小裂痕。不過說是「只有這輛」，也沒辦法，就決定這輛吧。不過這輛大宇，一旦習慣之後倒相當輕快，坐起來也沒看起來那麼差，在未鋪柏油的路面輕快地奔馳繞跑，三天半大約跑了1000公里，平安無事地回到雷克雅維克。不過在那樣糟糕的道路上跑了1000公里的話，懸吊裝置想必（比剛開始時）更咖搭咖搭地鬆動了吧。空氣濾網可能已經快堵塞了，飛石大概也有2500個左右打到車體。世上有很多「我不想做的職業」，「經營冰島的租車公司」一定也是其中之一。

一旦離開雷克雅維克之後，路上跑的車子幾乎都是四輪驅動車。Mitsubishi的Pajero、和Toyota的Land Cruiser佔壓倒性的多。尤其一到冬季道路結冰之後，現實上無論如何都需要這種重型車。這和在東京街頭慢慢跑、沒沾上一點泥土的、閃閃發亮的重型車用法完全不同。不過幸虧這次還沒去到路面結冰的地方，因此就算在轉彎處車尾盡情地左右擺尾滑行，以輕量二輪驅動車也勉強能安全回來。但未鋪柏油的道路法定速度是80公里，所以還是相當狂野的國家。開80公里也需要相當大的勇氣，不過大多數人都以超出法定速度在奔馳，因此經常被後面超車。根據在雷克雅維克遇到的英國編輯說，冰島有一半開車的人是喝醉的，另外還有一半是邊開車邊講手機，也有不少人兩者同時兼具。不知道是否真的如此，不過有不少情況讓我感覺可能是真的。

對想在冰島租車旅行的人，我只有一個很實際的建議。在冰島一到鄉下，加油站幾乎都沒有人。加油的作業必須靠自己一個人來，機器多半只接受信用卡。而且操作法非常難懂。機器系統又都各自不同，也有完全沒有英文說明的。就算你想問周圍的人使用方法，也幾乎沒有人經過。總之是個閒散的國家。因此，該如何加油，我想還是大概先預習之後再出發旅行比較好。要不然，等車子的油箱空空如也，站在無人的加油站油管前卻只能束手無策，就太慘了。像我一樣。順便一提，冰島的油價相當貴。

說到信用卡讓我想起來，像冰島人那樣頻繁使用信用卡的國民恐怕不多。特地注意了一下，居然在便利商店買一本雜誌和口香糖，也用信用卡付帳。以我的感覺（或一般日本人的感覺），會說「那才只不過 500 日圓而已，就用現金付不是比較快？」但本地人似乎沒有這種感覺，店員也像理所當然似的，一邊微笑一邊接受信用卡處理著。我看到這光景時，剛開始相當驚訝。不過，也立刻習慣，過幾天就見怪不怪了。或許信用卡被導入這塊土地之後，也像其他動物一樣，在孤立的環境中走過特殊的進化途徑。想必是個優閒自在的風土。

冰島的道路狀況實在不敢恭維。雖然幹線道路都已經確實鋪好了，但隨著離開雷克雅維克越遠，未鋪柏油的砂石路就越多。天氣變化多端，一起霧時，稍微前方一點都變成看不見的狀態。冰島有一句格言「不喜歡這天氣嗎？那麼請等15分鐘」（大概是這樣），天氣變化就是這麼快速而激烈。再加上羊會忽然晃出來，因此開車不能不小心。因為羊的頭數實在很多，而且夏天時，全國境內的羊全都處於放養狀態，許多羊經常都會穿越馬路。

根據我所讀的書提到，在冰島羊是像家人般被看重的。當然最後會被吃掉，這是指羊還活著的時候。根據那本書，冰島的農夫會為自己所養的每一頭羊取名字，在「羊帳簿」上，會記載「三四郎（右耳黑色，背上有雲形斑）、圭子（下半身黑色、左眼有黑眼圈）……」之類的特徵，以便能一隻隻分辨自己家的羊。很多人一個人養數百頭羊，因此我想那是相當吃力的作業，不過冰島有所謂固有的冰島時間，在冰島時間中，要記住300頭羊的臉和名字，可能不太費事。在冰島到處是青苔的廣大荒野中優閒地開車時，心裡也會湧出「這種人生也不錯」的感覺。

冰島幾乎全國土地都長青苔。大概沒有其他國家有這麼多青苔吧。雖然顏色比日本的青苔淡，形狀也不同，不過青苔就是青苔。島的許多部分是由凹凸不平的熔岩所形成的荒野，都被深綠色的青苔覆蓋著。或許是個青苔容易成長的風土。這些青苔只是安靜地在那裡，看來彷彿從古代開始就持續而確實地吸進北方的沉默似的。此外冰河多，也常降雨，因此那滿布青苔的曠野到處都流著美麗的溪流，隨處形成激流泉湧的白色瀑布。真是相當神祕的風景。這樣的風景，應該只有在冰島才看得到。

森林可以說完全不存在。據說在冰島還貧窮的時代，人們為了取暖用的薪柴，而把森林採伐殆盡。冰島原來生長的樹木有99％都是被人親手採伐掉的。當時的人們過著艱苦的生活，沒有餘裕去植樹。在嚴酷的環境中要生存下去已經很勉強了。現在，發現這樣不行，才開始在各種地方植樹，但不像在南國，這裡樹木生長遲緩，現在還頂多只有人的身高般的樹，要等那些樹形成蒼鬱的森林還需要漫長的時間。不過就算沒有高大的樹木，荒涼地延伸的廣大熔岩台地到處被青苔的綠意覆蓋著，到處開著寒冷地帶可愛小花的模樣，也相當美麗。一個人獨自站在那樣的景色中，除了偶爾吹過的風聲，或遠處傳來溪流的潺潺水聲之外，聽不見任何聲音。那裡只有深沉的內省的安靜而已。那樣的時候，我們的心情簡直像被帶回遙遠的古代似的。這島和無人的沉默非常搭配。冰島人說，這島上充滿了幽靈。不過就算這樣，他們可能也是非常沉默的幽靈。

在冰島那樣的自然中，人無法擅自隨地踏出路外。如果要離開道路走到哪裡去，多半的情況，會先找到分岔的步道，再小心地走出去。如果隨興信步踏出寬廣的曠野的話，會踩死那裡的青苔或野生植物，而那要長回原來的模樣，需要花非常長的時間。大家都準確地跟隨前人所留下的路徑，安靜地進入自然之中。也沒有人會丟垃圾。冰島人就是這樣，非常珍惜植物。走進任何地方的餐廳，桌上都擺飾著小花，但仔細一看那全都是人工製造的花。而且，並不是玫瑰或康乃馨之類鮮豔的花，而是靜默不知名的高山植物仿造品。會仿造這樣樸素的人造花的國家，世界之大，恐怕也只有冰島吧。習慣了這些之後也真不錯，會漸漸感受到在植物珍貴的國度，人們盡心盡力設法享受自然之美的那份心。在一般國家走進餐廳時，如果桌上的花瓶或小花器上插的是假花的話，人們會想「怎麼是人造花嘛」而感到失望，但在冰島，人造花的難能可貴，反而令人長留心中。

斯奈菲爾半島是朝西突出的細長半島，長100公里，尖端有斯奈菲爾火山。

這座火山被相當壯觀的冰河所覆蓋。法國小說家朱爾．凡爾納寫《地心歷險記》時，就是設定這海拔1400公尺火山的火口，正是通往謎之地底世界的入口，以此展開故事的。當然實際上並非如此。不過站在山麓仰望這神祕的山時——因為沒時間，所以沒去攀登——不可思議的是，我居然開始覺得那荒唐無稽的故事好像真有其事似的。話雖如此，斯奈菲爾半島是以天候惡劣聞名，因此要登上這斯奈菲爾火山的山頂去好好看個究竟非常困難。在晴朗乾爽的日子，可以看到山頂和雪白的冰河。但這地方卻可以說幾乎沒有晴朗乾爽的日子。很遺憾，我的視野中未能見到山頂的全貌。只能仰望隱藏在雲中的山容而已。因此，造訪這天候惡劣地方的觀光客，有必要準備防水外套、防水靴、帽子和圍巾。因為風也很強，所以傘幾乎不能用。總之要用不怕濕的布料把身體包起來。

斯奈菲爾半島上最大的城鎮史迪奇修穆（Stykkisholmur），人口也才只有1216人而已，其他地方就可想而知了。總之是個安靜優閒的地方。請想像一下夏季的海邊之家收掉之後的晚夏海岸，氣氛可能很接近。前面也寫過，一到9月因為觀光季節已經結束，因此無論到任何地方的飯店去，住的都只有我們，或頂多還有另外一組客人而已。餐廳也大多已經歇業。真想說「到底要去哪裡吃東西？」不過沒問題。任何地方一定都會有披薩店。心想在這人口僅有200人的小村子，居然會有披薩店，而且那些披薩店每家生意都好得驚人。看來冰島人相當愛吃披薩。因此我們也沒辦法（沒有其他選擇），晚餐只好經常吃披薩。啤酒加冰島披薩，不過味道還真不錯。

斯奈菲爾半島雖然天候相當悽慘，但風景卻沒讓我們失望。因為沒有廣為人知的觀光勝地這類地方，來遊玩的旅客並不太多，所以非常樸素，也沒有為觀光而特地做什麼。南邊比較平坦的海岸線繼續延伸出去，海鳥很多，很適合賞鳥。北部沿岸則有幾處令人嘆為觀止的美麗峽灣。從太古以來就被冰河削成的斷崖、安靜的入海口、紅色屋頂的小教堂、一望無際的廣闊綠色青苔、快速低低流過的清晰的雲、形狀奇特而沉默無言的群山、隨風搖擺的柔軟的草、像標點符號般各自分散的羊。燒毀的廢屋（不知為什麼有許多燒毀的房子），為了儲備過冬而捲成一束束的乾草。那些風景，連拍成照片都讓人有些顧忌。因為那裡的美，是實在無法收進相框的那種美。因為展現在我們眼前的風景，是將那廣闊、那幾乎恆久的寂靜、深沉的潮汐芳香、一無遮攔地吹過地表而去的風，那裡流過的獨特時間性都「納入」而成立的。那些又隨天候的變化、潮汐的漲退、太陽的移動，時時刻刻在變化。一旦被相機鏡頭拍下後，或被翻譯成科學性色彩的調合之後，可能已經變成和現在就在眼前的東西完全不同了。在那裡可能心情之類的東西會全部消失殆盡。因此我們只能盡可能花更長時間以自己的眼睛去眺望，並將那些刻進腦海裡。只能收進記憶的不可靠抽屜裡，靠自己的力氣搬運到某個地方去。

8 到處是溫泉

冰島全國土地都湧出溫泉。溫泉之多，甚至讓我想到不妨用溫泉的熱氣當成國旗標誌的地步。開車疾馳時，經常看到冒著旺盛白色蒸氣的小河。溫泉自然地湧出，就那樣混進河裡流走。在我們日本人的眼裡看來，會說「啊，真可惜，好不容易有溫泉哪」，但在冰島畢竟到處都是溫泉，因此誰都沒有特別在意。停下車，伸手到那河水裡試試看，水溫熱到驚人的程度。真想脫下衣服泡一泡休息一下，但總不能在路邊做這種事。

冰島人利用那溫泉進行地熱發電，冬天也供應熱水傳導的暖氣系統。還用在溫室栽培。因為溫度非常高（也有達到100度的），用管線運到50公里遠的都市去，溫度也不太會下降。沿著道路常常可以看到那種管線。因此，無論住在看來多麼寒酸的飯店，房間還是暖烘烘的，從蓮蓬頭噴出充沛的熱水來。這真是值得慶幸的事。此外因為靠地熱發電，所以冰島可以獲得非常乾淨而便宜的能源。他們自己用不完，甚至正考慮電力輸出。

其次，因為利用溫泉的熱水做溫室栽培，番茄和小黃瓜產量豐富，銷路暢旺。本來是不適合蔬菜生長的寒冷地帶，這方面，溫泉對人的貢獻相當大。我雖然沒吃，但聽說冰島產的香蕉也相當不錯。還有在冰島稍大的地方（或完全不算大的地方），也設有完善的大型溫水游泳池。這當然也利用溫泉。我因為最喜歡游泳，這對我實在太難得了。真是好事連連。

不過當然也有壞的一面，有很多火山爆發和地震。和日本一樣。有溫泉的地方，無論如何都會附帶火山爆發和地震。「和日本不同，因為是人口稀少的國家，因此實際受害也不多，因此還算好。」雖然冰島人這麼說，不過有時候，還是會帶來相當大的傷害。前面也寫過以海鸚聞名的赫馬島，也在1973年遭遇激烈的火山爆發。緊鄰港口的埃爾德菲爾火山（Eldfell）突然開始噴火，鎮上許多地方被熔岩覆蓋掉。當時所流出的熔岩形成3平方公里的新大地，現在成為登山路線。有時可以看到熔岩下，被壓垮的房屋片斷。跟冰島人談話時，他們對我說「三宅島也真可憐啊」。雖然距離遙遠，但可能他們也確實感受到日本三宅島民的人身安全。我感覺火山國似乎有火山國共通的心情。

最著名的溫泉，是距離雷克雅維克車程不到一小時的藍礁湖（Blue Lagoon），這裡真的不是開玩笑，實在真大。大得像小湖般的溫泉，要穿泳衣下水，放眼所及四周全是溫泉。在冰島清淨的天空下，從淺藍色「湖面」暖呼呼升起愉快的水氣。這座溫泉其實是隔壁的地熱發電廠所流出的「排水」。雖然先讓海水潛入熔岩下加熱，再用來發電，但因為用過的海水「就那樣丟掉也可惜」，於是就再利用成為溫泉。詳細情況我不太清楚，不過在熱水中的各種有機物，暴露在外面的冷空氣中慢慢化為不同的有機物，形成獨特的混濁溫泉水。溫度攝氏37度，鹽分2．5％，相當舒服的溫泉。據說含有對美容有益的成分，因此在店裡也賣特製的化妝品。還可以游泳。以自由式游有點過熱，如果以蛙式抬著頭慢慢游還滿舒服的。也有很大的溫泉瀑布，可以讓溫泉從頭上方嘩啦嘩啦痛快地沖打下來。日本有一種修行叫做「瀑布打」，不過還沒聽過「溫泉打」。只是實際做看看，溫溫的還滿舒服的。不過這不太能當修行。

問題是下去泡溫泉的人很多。我去的時候，藍礁湖因為韓國來的觀光團而充滿了客人。周圍傳來的聲音，幾乎都是韓語。大家都泡在溫泉裡，非常快樂的樣子。難道韓國沒有溫泉？吵鬧得讓我不禁這樣想。其次入場券也相當貴。我想既然是「工廠的排水」，就不能算便宜一點嗎？不過已經成為世界性觀光勝地了，巴士從雷克雅維克不斷運送團體觀光客過來，營業也相當暢旺。以我來說雖然喜歡更樸素的「路邊溫泉」，不過實際看到這樣寬闊的溫泉時，也就無話可說了。當成一種話題，不妨去經驗一次看看。但是，真的很大喔。

像湖一樣大的溫泉

9　極光，和其他種種

在冰島旅行時發現了一些事情。

當然季節也有關係，冰島是個蟲子極少的地方。至少9月的前半幾乎沒看到蟲子。只有一次，在飯店的浴室裡發現一隻小蜘蛛，一副樣子看起來無依無靠的蜘蛛。平常如果在浴室看到一隻蜘蛛的話應該不會大驚小怪，但只有這次覺得有點懷念。真想對牠說：「嗯，你也要加加油喔。」不管怎麼說，完全不喜歡蟲的人，我想與其到婆羅洲，不如到冰島旅行比較好。

到冰島的任何地方去，到處都掛滿了畫。從私人的家裡，雷克雅維克的高級餐廳，到鄉下的便宜旅館，到處牆上都掛滿了畫。牆壁幾乎沒留下空隙。水彩畫、版畫、油畫……全都是當地藝術家的親手作品，老實說幾乎沒看到想喝采道「這幅真精彩！」的作品。要說樸素也算樸素，要說像素人作品也可以說像素人作品。但也有不少令人忽然對那存在意義落入沉思的作品。不過大致可以理解畫畫的人快樂地畫，把那掛在牆上的人也快樂地掛。總之，冰島以人口來說，似乎是畫家算多的國家。這個國家的人，唱歌（人一聚集立刻就喜歡合唱）、作詩、寫故事、拿畫筆，似乎已經成為生活的一部分。大家或多或少，都會參與某種藝術活動。從以大量接受資訊為主的日本來到這裡，在我們這種充滿傳輸資訊國家的人眼裡，這些看起來顯得非常新鮮，同時也有一點不可思議。

冰島人不太喜歡開口。旅行時我也幾乎沒被問到「你從哪裡來？」詢問他們時，他們會親切地告訴你，但不太會主動提出問題。可能心理狀態是這樣。

室內外的清潔都做得很徹底。全世界的所有都會都一樣，街上總有很多塗鴉，但這裡多半不是隨便亂畫的塗鴉，而是端正的藝術化塗法。可能木材太貴了吧，建材多半使用鐵皮。連很多教堂都是用鐵皮屋頂。從來沒看過綁馬尾的男人，或邊聽隨身聽邊走路的人，不知道為什麼。點咖啡時，也幾乎一定會附上巧克力。還有不少人戴紐約洋基隊的棒球帽，但電視並沒有轉播棒球賽，不知道為什麼？

夜晚十點左右走在雷克雅維克街上，我看見鮮豔的綠色極光。本來心想不可能在都市正中央看到極光，因此實際目睹時相當驚訝。因為沒帶相機，所以只能呆呆地長久仰望浮在空中的巨大綠色彩帶。極光非常清晰，時時刻刻改變形狀。雖然是美麗的東西，但那與其說是單純的美，不如說看來更像擁有某種精神意義的東西。那看起來，甚至像是這充滿青苔、沉默和精靈的不可思議的北方島上，一種靈魂的模樣似的。

那極光，終於像語言糾結失去意義了般緩緩變淡，並被吸進黑暗中消失了。我在確定那已經消失之後，回到溫暖的飯店房間，夢也沒做地沉沉入睡。

〈追記〉

我在造訪冰島的幾年後（2008年），冰島遭遇極嚴重的經濟危機。貨幣價值急貶，人們的生活似乎也變艱苦了。但後來狀況改善，現在似乎過得相當順利。

想吃美味的東西

奧勒岡州波特蘭

緬因州波特蘭

美國的東西海岸，我去過兩個同名的都市。一個是西海岸奧勒岡州的波特蘭（Portland），另一個是東海岸緬因州的波特蘭。兩個都市都像名字所顯示的那樣，既是擁有古老歷史的港灣都市，也擁有港都應有的風景和生活。都市規模不大不小，正好適中，走在街上，到處可以感覺到一種大都會所沒有的安穩和親密。

但除此之外，這兩個都市還擁有共通的要素，那就是餐廳品質很高，數目也多。這兩大都市，最近由於提供先進的優質餐飲而急速受到業界矚目。紐約一家著名餐廳的 **owner chef**（老闆兼大廚）在接受《紐約時報》採訪時，明確斷言「現在最不可忽視的，就是東西兩個波特蘭的餐廳動態」。

是什麼把這兩個——很失禮，不過可以說是，位於離文化尖端稍有距離的地方——樸素的地方都市，抬舉成受全國注目的「美食之都」的？這是我首先想知道的。不過不只這樣。為了維持多數高品質餐廳，不用說，必須要有支持那個的顧客階層才行。那些人是怎麼被這兩大都市吸引而來的？也是相當有趣的重點。首先來造訪西邊的波特蘭看看。

1　奧勒岡州波特蘭

奧勒岡州波特蘭的歷史，跟東岸的同名都市比起來還相當年輕。1851年人口才只不過821人，連鎮都還稱不上。但這港灣擁有很深的水位，以內陸的自然良港，林業和漁業的中心，著實地發展壯大起來，並成為供給人口稠密的加州許多都市農產品的主要產地。

話雖如此，波特蘭開創獨自的文化，開始發展還是近年來的事。沒必要定居在大都市的電腦相關高科技產業和運動產業的蓬勃發展（NIKE龐大的總公司就設在市郊），為這個城市帶來新的活力，受過高等教育、高收入、高社會意識的年輕世代喜歡這個區域，開始主動搬過來住。在「年輕世代最想居住的都市」排行榜中，波特蘭每年都擠進前幾名。那些人追求高品質但不華麗的生活環境，外食也是生活樣式中的重要一環。居民們回應那樣的希望，充滿抱負的新世代廚師們也紛紛往這地方集中，新的餐廳也就一家接一家地開張起來，互相競爭手藝。

走進波特蘭像樣的餐廳，首先注意到的，是使用的食材生鮮程度品質之高。這方面可能連紐約和洛杉磯的餐廳都無法企及。所用的蔬菜、肉類和魚，大半是附近可以取得的新鮮食材。不光是新鮮而已，還是餐廳的老闆和廚師們自己親眼挑選，一一品味過的食材。他們多半和農家和牧場訂契約，特別只採用有機農法的食材。能做到這樣細心挑選，怎麼說畢竟還是本地生產的強項。

他們所提供的料理有一個特徵，基本上不過度費工調理。小心注意，不破壞食材本身的滋味。食材本身所具備的自然力量，只以稍加輔助的方式料理。排除過去美國餐點所常見「連這個也要」的濃重調味，這應該也能得到喜歡清淡口味的日本旅客歡迎。或不如說，從新世代廚師的料理中，確實可以窺見受到日本料理的影響。但不用說，這些餐廳之間競爭非常激烈。每年有許多店在這個城市誕生，也有許多店消失其中。為了吸引社會意識高（換個說法要求水準也高）的顧客，並留住客人，廚師需要高度創新和細微的工夫。而且這些都必須主動日日更新才行。

我個人在波特蘭最喜歡的，是下城區 Heathman Hotel 的餐廳。我熟識的作家保羅・索魯（Paul Theroux）向我推薦這家店。保羅是旅行家，因此對各種事情都很清楚。「嘿，春樹，如果到波特蘭，可不能錯過這家餐廳喔。」他強烈主張。而且確實沒錯。食材之新鮮、想像力之豐富、菜單設計之用心、老鋪獨特的深奧調味，服務之周到，樣樣無懈可擊，不愧是一流餐廳。雖然如此，但絲毫不驕傲。老闆大廚飛利浦・波拉特先生雖然出身於法國諾曼第，但走過世界各地的一流餐廳之後，十三年前來到波特蘭。由於食材的新鮮豐富，加上土地所擁有的自由風氣，讓他決

法國諾曼第出身、「Heathman」餐廳大廚的名菜

定在這個城市安定下來。不過據他說「我剛來的時候，這地方的餐廳水準低得不得了」。要說這家餐廳成為波特蘭「美食革命」的一股引力，應該不會錯。

他向我推薦「現在的季節這個最美味」的是，據說只能收獲幾星期的本地名產「胡德山草莓」（胡德山被稱為「奧勒岡富士」，Hood Strawberry 胡德山草莓指這裡所採的草莓）。菜單上有好幾道用這草莓所做的沙拉和甜點，我點了幾道嘗嘗。滋味在舌頭上慢慢化開，真是美味的草莓。那裡的菜色就是這樣使用本地當季的豐富食材，因此菜單完全是每天更換（這個城市的餐廳幾乎不用固定菜單，而是提供當天的菜單）。飛利浦先生還說：「秋天會用好多松茸喔。」身為日本人的我，光是一一請教他使用松茸的料理內容，就禁不住要流口水了。其次端出來附送的鵪鶉菜色真是絕品。老實說我對鵪鶉本來是不行的，只打算稍微試一下味道就好，結果卻全部吃光光。順便一提，我本來也不太喜歡草莓，然而卻……。

此外令我佩服的，是一家叫做「Filberts」（榛果）的郊區餐廳。去年才剛開幕的新餐廳。主菜我點了季節蔬菜的義大利燴飯，真是簡潔，又精緻。如果以人來比喻，就像話很少卻得要領的人。雖然比起貽貝，我更喜歡牡蠣，但前菜我推薦奶油炸貽貝。稱為「Sweet totem inlet mussel」（甜美標誌小灣貽貝），這種當地捕獲的新鮮貝類，美味得讓我不禁開心得合不攏嘴。柔軟得快溶化般，量多得不得了，三個人都吃不完的地步。而且價格簡直便宜得令人難以相信。他們引以為榮的蟹肉餅也值得一嘗。

此外，波特蘭的葡萄酒也得天獨厚。奧勒岡州的葡萄酒，比起名氣很大的納帕葡萄酒，雖然在日本還沒獲得高度評價，不過這裡所出產的黑皮諾（Pinot Noir）絕對是一級品不會錯。喜歡葡萄酒的人，不妨到離市區一小時左右車程的威拉米特河谷（Willamette Valley）去尋訪酒莊。可以試飲各種葡萄酒，應該能度過滿意的一天。我是住在波特蘭的朋友開車帶我去的，非常愉快的半天。不但風景美，人們也優閒自在。而且很慶幸，觀光客不像納帕那麼擁擠。

此外不僅是對喜歡葡萄酒的人，對喜歡啤酒的人，奧勒岡州的波特蘭也是個美麗的城市。有很多家小規模釀酒坊，就像日本的地方酒那樣，在這小地方也互相爭霸。一走進啤酒屋時，就看到整排附有當地啤酒商標的栓管（注入生啤酒用的把手般的東西）。好了，不知道該從哪個開始。

然後對我來說（特別）高興的是，這個城市個性化書店和中古唱片行齊備。因為波特蘭有幾家傑出的教育機構，學生也多。如果你喜歡書，這裡有全美規模最大的獨立書店「鮑爾書店」（Powell's Books），可以在書店度過極幸福的半天時光。總之書店大到令人迷路的地步。書架上滿滿排列著舊書和新書。我在這裡發現了幾本有趣的書準備買下。抱著去收銀台時，「喔，您是村上先生吧，」說著之間竟被要求在五十本書上簽名。不過店員看來全都是喜歡書的人，對我來說，在那裡度過了一段愉快的時光。在中古唱片行也買了一大堆珍貴的老唱片。

在稍微離開波特蘭一點的市郊地方，就有NIKE的總公司。提出請求之後獲准

很多很有個性的中古唱片行

入內參觀。在綠意盎然的廣大園區內，一棟又一棟的整潔建築物分散矗立著，從風景看來，與其說是企業，不如說看來幾乎就像大學。而且實際上人們就把那裡稱為校園「campus」（親眼目睹NIKE的全體員工，都稱自己的公司為「campus」時，確實覺得有一點奇怪）。

「campus」裡當然運動設施完備（也許是理所當然的事）。從大籃球場、體育館到游泳池，應有盡有。而且員工可以依自己喜好隨時使用那些設施。真令人羨慕。也有環繞綠意盎然廣大園區的完善慢跑道。繞一圈約1．5公里左右，牢固地鋪滿鋸屑。腳踩的感覺非常柔順。跑道穿過森林越過山丘，在豐饒的大自然中繼續前進。空氣很清新。總之我跑了兩圈，真想再繼續跑下去。中途還有400公尺的跑道，可以在那裡練速度。真是應有盡有。我覺得這裡可以斷然稱為「全世界最美好的慢跑道」。

再回到波特蘭市區。

「波特蘭以人口比例來說，在全美國是餐廳最多的地方。」當地人說「同時也是人口比例中讀書量最多的地方，此外不方便大聲說，也是上教堂人數最少的地方。哈哈哈。」

怎麼樣？您會喜歡這樣的城市嗎？（也許不能大聲說）不過我非常喜歡。但如果像這樣頻繁上餐廳的話，一定會胖起來吧？沒問題，不用擔心。沿著流過市中心區的威拉米特河畔，也設有特別漂亮的慢跑道。

2 緬因州的波特蘭

搭飛機橫貫北美大陸，從西海岸的波特蘭轉移到東海岸的波特蘭。雖說是在同一個國家，卻有三小時的時差，而且兩個都市在歷史和發展結構上差異又更大了。緬因州的波特蘭，是在1600年前後由英國人「發現」的，相當於莎士比亞活躍的時期，以日本來說則是關原之戰的時期。

緬因州和受惠於平穩海洋性氣候的奧勒岡州不同，並不是開拓者們可以不太費力便能確立生活的輕鬆地方。被冰河切割過的土地不適合農耕，冬季氣候超越想像的嚴苛，當初人們不得不過著和飢餓共存的生活。粗暴的原住民不時會攻擊開拓地，接近加拿大國界的緬因州也成為和法國戰爭時血腥的最前線。移民到這裡的主要是蘇格蘭系的愛爾蘭人（Scotch-Irish）。處於條件較差立場的他們，本來抱著成

我在緬因州波特蘭也常逛中古唱片行。
挖寶找到了加農砲 ・ 阿德雷的《意猶未盡》

為自耕農的夢想遠渡美洲，結果卻面臨比在祖國時更嚴酷的生活。雖然如此，他們並沒有怨言。那樣嚴酷的土地特性和歷史，造就了獨立精神旺盛、耐性強而擁有固執氣質的居民。現在緬因州的居民還以「有點怪」（以相當平和的表現來說）而知名。或許也可以換成「相當偏執」的說法。

不過這種經年累月持續頑強保持的獨自風土、氣質，近年來卻似乎有了巨大改變。美國經濟的中心，這二十年來由製造業大幅轉換成知性服務業，人們的生活型態也隨著改變。尤其是年輕世代，開始追求自由健康的生活環境。而且本來緬因州只是波士頓富裕家庭夏季才會造訪的避暑地，現在卻成為人們追求安居樂業的土地。生活費比較便宜，可以輕鬆購得寬大的住宅，犯罪少，無須擔心恐怖分子（尤其2001年發生911恐怖攻擊事件之後，這點成為很大的加分），因為可以安心扶養孩子，空氣乾淨，食材又新鮮。於是像這種以新居民為顧客的熱情餐廳，在波特蘭市區開始一家接一家地開起來。這方面的情況和西海岸的波特蘭很像。

一走進餐廳時，首先就會為顧客年齡層之輕，氣氛之熱鬧開朗感到驚訝。男女人數幾乎相同，全體都是白人。他們顯然正享受著這地方的放鬆生活。服務無微不至，但和大都市的高級餐廳不同，沒有緊張兮兮神經質的地方。有的只有友善的輕鬆自在。和奧勒岡州不同，這裡雖然不生產葡萄酒，卻有緬因州波特蘭所自豪的、豐盛到驚人的海產。尤其一提到緬因州就會想到龍蝦。沒嘗過剛捕獲的新鮮龍蝦不能離開這個城市——雖然不至於這麼說，不過既然來到這裡了，還是不宜錯過龍蝦。目前全世界的漁獲量長期呈現減少趨勢，但緬因州的龍蝦收穫量，據說目前相當穩定。因此不妨安心飽餐一頓。而且如果到港口去，也可以帶活龍蝦回家。

波特蘭街上餐廳非常多，平均分數也高，不知該推薦哪一家才好，不過我個人首先要推薦的，是位於下城 Fore Street，名字也叫「Fore Street」的餐廳。只是這裡一定要先確實弄清楚地址再前往，否則並不容易找。既沒有招牌，從外觀也很難分辨是不是餐廳。本來是倉庫，現在改造成餐廳，但老實說現在看來依舊像倉庫。

打開門，抬頭往裡一看「哦，這裡是餐廳嘛」。擺設相當精緻。但在餐桌坐下來，伸手拿起菜單時，就可以推測這裡是年輕的高品質餐廳，提供的不是到處可見的菜色。端上來的菜色也充分回應我們的期待。素材經過仔細挑選，調味清爽，配菜擺飾也很用心。就像品質優良的家居服那樣。葡萄酒也很順口。前菜我點了野菇義大利小耳麵（Orecchiette）（10美元），主菜點了魚貝類燉鍋（16美元）。價格令我不禁懷疑「這麼便宜行嗎？」這家餐廳如果在東京，我真的會經常去。

我還想推薦一家「Street and Company」。以前到這裡來時，偶然在改建的倉庫街發現這家餐廳。如果您到波特蘭來，而且處於只能在外面吃一餐的情況時，我想我可能會推薦這裡。這家是比「Fore Street」更休閒、更熱鬧的餐廳，但烹調品質很高。通常在這裡應該點燒烤新鮮魚貝類。還有緬因州的烤龍蝦，配義大利麵吃得真過癮，相當划算。我在這裡用餐時，就會領悟到「啊，原來愉快用餐是這麼回事。」裝模作樣的用餐真累人。不過餐廳實在相當吵，所以或許不適合與情人安靜

家具師傅馬爾戈內里先生的工作室

談心（或微妙示愛）。比較適合跟幾個朋友暢快談笑、高聲作樂。因為經常客滿，所以需要預約。

如果是想和感情好（或希望感情更進一步）的女友在氣氛比較高尚的地方，安靜共享美食的男士，或許雨果（Hugo's）餐廳比較合適。也就是所謂法語的「nouvelle cuisine」創新菜色，添加創意，看在眼中也漂亮。菜色限定在預先設計好的四道程序定食（prefix），分別從幾種之中挑選一種。在崇尚輕鬆的波特蘭，這種方式相當稀奇。想必對味道很有自信。我因為喜歡蔬菜所以選了「緬因產有機蔬菜」、「黃色和紅色甜菜根的義大利燉飯」、「烤舞茸和蘆筍」，點的全是蔬菜。都是蔬菜的菜色要能吃不膩，是相當不簡單的事，不過，嗯，吃不膩。飯燉得火候絕妙，甜菜根的處理方式手工精緻複雜。舞茸非常新鮮，一下刀便舒服滑溜地切開，澆上起泡的松露醬。

每道菜分量都適中，調味不過重，因此十分順口。親密的女朋友想必也會滿意，雖然不確定感情能否更進一步。價格每人70美元。比起這個城市的其他餐廳算是有點貴，但實際嘗過之後，就會感覺有道理。葡萄酒價格非常合理。老闆大廚羅伯特・伊凡斯（Robert Evans）創新晚餐的定食菜色已經六年了，而那優美而精緻的烹調技術，依舊繼續保持波特蘭頂尖餐廳的地位。

我住在波士頓的時候，不時會開車到波特蘭的市街，目的之一是要造訪家具師傅馬爾戈內里先生的工作室，目的之二是到市內某家中古唱片行，去買老爵士樂唱片。老闆巴布・華茲先生是絕對不經手CD的，這種堅持LP基本教義派的頑固和認真跟我很談得來。那天我們也一邊談著，不知不覺就買了許多唱片。加農砲・阿德雷（Cannonball Adderley）的《意猶未盡》（Somethin' Else）〔藍調之音（Blue Note）唱片公司出品〕第一版閃閃發亮的美好新品才20美元。怎麼樣，便宜吧？不清楚？已經不聽LP黑膠唱片了嗎？這樣啊，真抱歉。

馬爾戈內里先生一個人住在從波特蘭開車約一小時車程的山中，在自己家的工作室耐心勤奮地製作美麗的家具。緬因州也以出產高品質木材聞名。我拜託他用木紋漂亮的楓木幫我做了幾件家具。他是一位擁有緬因州居民特有頑固氣質的人，脾氣剛硬，需要花一些時間才能彼此了解，不過和他所做的家具一樣，可以看出純真的地方。

因此，緬因州的波特蘭是個相當美麗的地方。雖然從波士頓開車需要花一些時間，不過卻很值得造訪。史蒂芬・金（Stephen King）所寫的小說幾乎都是以緬因州這地方為舞台，不過我個人從來就沒遇過恐怖的事，因此請安心出門。

兩個令人懷念的島

米克諾斯島

斯佩察島

大約二十四年前，我在希臘的島上住過。斯佩察島和米克諾斯島。雖說「住過」，頂多才總共三個月左右，不過對我來說是第一次體驗「外國生活」，也是印象相當深刻的經驗。我每天在筆記簿上寫下紀錄，後來把那整理成《遠方的鼓聲》旅行記。

之後雖然去過希臘幾次，但都沒再到那兩個島。因此這次便成為那時以來的「再訪」了。英語有「pilgrimage」（巡禮）的說法，這麼說或許有點誇張，但總之是重蹈四分之一世紀前自己的足跡，要說懷念也很懷念。尤其米克諾斯島是開始寫《挪威的森林》的地方，因此在我心中自然有某種不同的感覺。

1986年9月我去到羅馬，在那初秋的美麗光景中度過一個月左右，然後到希臘，從皮里斯港（Piraeus）搭船到斯佩察島。在到義大利真正開始住下之前，想在希臘先住幾個月。10月進入中旬，希臘的觀光季已經結束，忙完工作疲憊不堪的希臘人正開始把飯店、餐廳和禮品店關起門來準備歇業。到了這個時期，就算是希臘也變得相當冷，天氣漸漸轉壞。陰天的日子增加，颳起冷風，也經常下起冷雨。曾經搭渡船造訪過夏天裡陽光燦爛的愛琴海諸島的人，如果知道深秋時節那裡會變成多安靜（有時甚至是陰鬱）的地方，一定會非常驚訝。

我們（我和我太太）為什麼會選那稱不上有魅力的季節去希臘住呢？首先因為生活費便宜。當時的我們在經濟上沒有餘裕在物價高、租金貴的旺季時期，在希臘的島上住幾個月。其次在天候不良的淡季島上，適合安靜工作也有關係。夏天的希臘有點過於吵雜。當時我在日本工作覺得很累（這件事原因很多一言難盡），想逃到國外避開麻煩的雜事，安安靜靜專心工作。如果可能希望安定下來，專心寫長篇小說。因此決定離開日本，暫時住在歐洲。

1 米克諾斯島

這次也一樣，選擇「不太亮眼的」淡季時期造訪這個島。季節設定在大約和前次一樣，應該比較容易比較今日和昔日有什麼變了、什麼沒變。

我從德國搭直航噴射客機到米克諾斯，這首先就讓我感到驚訝。以前到米克諾斯，只能從雅典搭乘沙丁魚空罐般的螺旋槳飛機，或從皮里斯港搭緩慢的渡輪。因為島上的飛機跑道太短，實在無法讓噴射機起降。因此只要風稍微強一點航班就立刻取消。如果三天連續吹強風（這一點也不稀奇），島上就充滿了被迫滯留的旅客。但現在機場已經有了新的長滑行道，因此許多旅客可以從歐洲各地搭直航飛機到這個島來，既不花時間，也不必擔心被迫滯留。當然方便是方便，卻也不免感覺有點寂寞。不方便雖然為旅行添麻煩，但同時其中也含有某種喜悅——拐彎抹角所帶來的喜悅。

不過一旦到達當地時，米克諾斯再怎麼說還是米克諾斯。就算希臘的德拉克馬變成歐元，螺旋槳飛機變成噴射機，街頭巷尾到處出現網咖和星巴克，但那糖果屋般的白色房舍依舊錯落排列，迷魂陣般小路交錯的美麗濱海小鎮依舊不變。不可能搞錯，就是那個米克諾斯。

但米克諾斯以觀光地來說確實升級了。可能因為噴射機的啟航，和一段時期的持續景氣，使得更多人來到這裡，飯店增加了，新潮商店也增加了。市街區域彷彿水位升高般，慢慢往周邊的山丘坡面繼續擴張上去，以前什麼也沒有的原野地方，現在出現了許多新建的成排建築物。商店雖然大半都在準備進入休業狀態，但稍微走到街上，還是一眼就看得出「啊，自從上次以後，這裡發展很多」。

雖然如此島的成立方式，現在和以前並沒有改變。觀光——除此之外沒有其他資源和產業。人們從春天到夏天的觀光季節忙著工作，秋天來了就把店收起來，鬆一口氣，讓身體休息。或收到現金之後，回到家鄉與家人團聚。他們要到明年的復活節假日前後才會再回來開始工作。每年都同樣地重複。半年辛苦工作，半年悠哉休息，或從事其他活動。

因此從秋天到冬天造訪這裡的人所看到的，可以說是像舞台後方般**寂靜**的米克諾斯。風很強、天氣很冷、天空經常覆蓋著雲。海面波濤洶湧地翻起細細的白浪。當然沒辦法游泳。建築物大門緊閉，只有屋簷前愉快的看板，在無言之間透露出旺季時的熱鬧模樣。不過那樣也相當不錯。至少可以得到安靜。

我們到過去住過的「米克諾斯」出租公寓，現在已經沒有提供對觀光客的長期出租，變成集合住宅了。就在這旁邊出現了一棟豪華的高級休閒飯店，這次我們就住在這裡。一棟盡善盡美的摩登飯店。有游泳池，客房裡還設有按摩浴缸。早晨的自助餐也很豐盛。業主投入相當大的資金，過去的米克諾斯，並沒有這樣華麗而時尚的住宿設施。

「米克諾斯公寓」當時的管理員，也是我的好友凡格里斯，已經不在了。不過當時他就說過「我已經一把年紀了，很想早一點退休，過年金生活」，所以不在了也是預料中的事。我以笨拙的希臘語問後繼接手的老太太說：「凡格里斯怎麼樣了？」她說：「凡格里斯五年前過世了。」本來我還期待說不定可以見面的，真遺憾。只能為他祈求冥福。凡格里斯看到我在喝烏左（希臘本國的烈酒）時，曾皺起眉頭，糾正我「嘿，春樹，不可以喝那個。頭腦會壞掉喔。連我都不喝呢！」他說，如果喝蘇格蘭威士忌就OK。雖然我覺得沒有多大的差別。

「可以逛一下裡面看看嗎？以前我住過這裡。」我問管理員老太太。「可以呀，請盡量看。」她回答。

我們當時住過的那間，從外表看起來還是一樣。沒有任何改變。是19號房，漆成白色的牆壁，藍色的柱子。我在那裡寫出《挪威的森林》最初的幾章。我記憶中覺得非常冷。12月聖誕節的前幾天。房間裡只有一個小電暖爐。我穿著厚厚的毛衣，

我就在這「米克諾斯出租公寓」開始寫《挪威的森林》

一邊發抖一邊寫稿子。當時還沒用打字機，我還用原子筆逐字親手寫在大學筆記簿上。窗外到處是石頭遍布的荒涼原野，一小群羊就在那裡默默吃草。在我眼裡看來雖然像不太美味的草，但那些羊似乎吃得相當滿足。

寫累了就停下來，抬起頭，恍惚地眺望那些羊的模樣。我現在還清楚記得，玻璃窗對面看得見的風景。有沿著牆壁生長的巨大夾竹桃。還有橄欖樹。從窗戶看出去的原野還和當時一樣寥落，但不知怎麼卻沒見到羊群。

當時我從早晨到中午寫小說，傍晚則走出街上去散步，到酒吧去喝一點葡萄酒或啤酒。集中工作之後，好像需要那種氣氛轉換。所以我去過好幾家酒吧。「米克諾斯吧」「索馬斯吧」還有幾家想不起名字的酒吧。在那樣的酒吧裡常會聚集一些長住在米克諾斯的外國人（非希臘人），小聲交談著。在那樣的季節在米克諾斯的日本人只有我一個，大家都覺得很稀奇。在「米克諾斯吧」工作的女孩笑起來瞇起非常迷人的皺紋，我以她這個人——不如說她皺紋的模樣——為印象寫成《挪威的森林》中玲子姊這個角色。

「米克諾斯吧」是一間模樣靜悄悄、沒什麼特別的小酒吧，但現在已經變成「著名的米克諾斯吧」「島上最老的酒吧」，招牌上堂堂這樣寫著。曾幾何時似乎已經成為傳說中的酒吧了。雖然我並不覺得那裡有什麼能成為傳說、或值得特別一提的要素，但或許四分之一世紀的歲月，已經賦予這酒吧某種特別的資格了。我想親眼確認一下看看，但因為開店時間比以前延遲了，這次很遺憾未能造訪。

以前經常去吃的「菲力培」餐廳（這裡冬天也開）碰巧休息一星期，無法再度造訪。以前我想補充營養時會到這裡來吃牛排。鋪著白色桌巾，在當時的米克諾斯算是高級餐廳，味道也不錯。我記得用餐之間經常停電。當時的米克諾斯電力情況不太好，經常停電。正在吃晚餐時，沒有任何預告就啪一下熄燈。現在不知道是否改善了？

這次在米克諾斯幾乎沒有遇到日本人。在島上看到的東方人很多是中國來的觀光客。有時也有韓國人。以前從來沒看到過中國人。深感時代變了。好像很囉唆，不過經過二十四年各種事情都會改變很大。當時的日本正逢泡沫經濟的最盛期，那也是我離開日本的原因之一。我對全國上下都處於類似「躁狀態」的現象有點厭煩。真的覺得從早到晚耳邊都有蜜蜂在不停地嗡嗡飛著似的。不過現在想起來，連那種事都有點懷念起來。但如果問我要不要再回去一次那樣的狀態，答案當然是ＮＯ。

然而就算時代不同了，港口的風景卻和從前一樣沒有改變。在海邊散步，走進咖啡館喝咖啡，然後什麼也沒做地眺望港口。在那裡的鵜鶘、海鷗、那些貓、狗，不爭不吵地和平共存。那些手上提著購物袋來來往往的左巴系希臘人，現在依然挺著突出的大鼓肚。代謝症候群在這裡似乎還沒被大家提起。那些不開心地緊閉嘴唇，頭上包著頭巾，雙手提著購物袋，在路上步履蹣跚地走著的黑衣未亡人。從二樓窗口探出身子，朝路上行人大聲吼著什麼，臉色兇悍的中年女人。不曉得在釣什麼魚，耐心地把釣竿一直垂在海面的老人。他的眼睛已經習慣不厭倦地凝視著海。

只要歷經歲月，人就能獲得被海的顏色染藍的孤獨眼珠。那樣的港口風景，從以前到現在沒有任何改變。不，但是有什麼不同了啊。我這樣歪著頭想。什麼和從前有很大的不同？到底是什麼？

對了，咖啡變美味得和以前截然不同。從前希臘的咖啡，只會端出不是濁濁的希臘式咖啡，就是粉粉的即溶咖啡（名副其實稱為「雀巢咖啡」）。兩種味道都很糟糕。但現在卻能喝到該說是美味的咖啡，或至少是真正的咖啡了。這當然是好的改變。以前我們為了要喝像樣的咖啡，不得不相當辛苦地煞費周章。大概希臘人的生活整體上變富足了吧。

2 斯佩察島

從米克諾斯同樣搭乘噴射客機飛到雅典，再從皮里斯港搭高速船往斯佩察島。因為斯佩察島沒有機場，所以只能搭船。船行所需時間大約三小時。船有稱為「飛速海豚」（Flying Dolphin）的小型水翼船，和稱為「飛貓雙體船」（Flying Cat。編註：cat 為 catamaran 的簡稱）的大型雙體船（Catamaran）。「海豚」所需時間短，但如果擔心暈船的人，我建議搭「飛貓雙體船」。因為海浪高的情況很多，這種時候水翼船幾乎接近被拷問的地步。我就曾經在搭「海豚」時，碰過幾次很糟的情況。

斯佩察島是個幾乎和伯羅奔尼撒半島黏在一起的小島。與本土之間，只要加把勁就可以游到的距離。搭乘小型水上計程車輕易就能往來於兩岸。如果是日本人的話很可能就架起一座橋了，但希臘人首先就不會這樣想。島永遠保持島的樣子，不管方不方便，那大概是自然的事吧。

斯佩察島在希臘的許多島中算是少數以綠意取勝的地方。遠遠看就知道，幾乎所有的山丘都被樹木所覆蓋。大多是松林。也可能因此希臘人喜歡來這裡度假。從雅典那樣的大都市來的人，被叢林的深深翠綠包圍著，一定會覺得鬆一口氣。從白牆房屋的城鎮米克諾斯來到這裡的我，同樣也覺得鬆一口氣。感覺周遭充滿了豐富的臭氧層似的。而且對希臘人來說，奢侈的住宅並不是大量使用高級大理石的房子，而是用許多自然的木材。因為大理石在希臘真的是多到隨處丟的東西。

因此這座島上，也有很多住在雅典的希臘人的別墅。雖然也有很多外國旅客和觀光客來造訪，但一到夏天結束後，幾乎完全恢復成希臘人的島。商店家數雖然比過去增加得驚人，但那個地區卻和以前沒有改變。這次我們進去用餐的餐廳也是，坐下來的客人幾乎都是希臘人的家庭成員，或情侶。有像從葬禮回來的一群人，也有一邊拍手一邊唱歌的團體。到處洋溢著親密的氣氛。和日本鄉間的風景沒什麼兩樣。

島上到處是貓也和以前一樣，但我覺得貓好像比以前變漂亮了。以前可以看見傷痕累累、半邊耳朵被揪掉似的骯髒野貓到處走動，現在幾乎看不到了。路上反倒有很多毛色好得驚人的美麗貓兒悠哉地漫步著。貓的生活環境似乎也改善了許多。

希臘人好像不太區別自己的家貓和野貓。經常在路上看到他們在一視同仁地餵著貓食的光景。印象中住戶們好像在共同照顧同一地區的貓。在日本常看到「請勿餵野貓食物」的看板，希臘卻是大家全都在餵。居民和貓之間看得出有一種極自然的「共生」關係。那麼，貓的生活環境改善了，是否也意味著人的生活環境也相對改善了？無論如何，走在街上黏人的可愛貓咪會靠近腳邊來，跟你玩一陣子。對於喜歡貓的我來說，這真是個樂園般的地方。

天黑後，我們到「帕特拉里斯」的餐館去喝希臘特產Retsina（松脂葡萄酒），吃marisa（炸小魚），和新鮮的魚餐。

「帕特拉里斯」餐館是我以前住在這個島上時經常去的本地館子。也就是「普

島上到處可以見到喜歡親近人的貓

撒里塔維爾那」（海鮮館子）。餐廳面臨海，從我們家走路約五分鐘左右。因為離鬧區中心稍微遠一點，所以幾乎沒有觀光客來，是只有本地阿伯們經常會聚集、喝便宜酒喝得醉醺醺的本地小館子。正如店名一樣是由帕特拉里斯兄弟經營，兩個都完全不會講英語，菜單也全用希臘語寫。非常不親切，餐點也很簡單，或者說很隨便，相當不熱心，不過相對的價格很便宜。我到那家店去，從來沒有一次感覺到身為客人受到歡迎的印象。雖然也沒有給人添麻煩的感覺，但是從來沒看過一次「歡迎光臨」的表情。相對的這邊也從來沒給過小費。是那樣的館子。這大概是帕特拉里斯兄弟的個性吧。

不過現在那家「帕特拉里斯」的館子已經由「新帕特拉里斯兄弟」經營了。好像是舊帕特拉里斯兄弟之一的兒子們。雖然沒有詳細詢問血緣關係，但在廚房工作的那些人，看來也像是和這個家族有關的人。大家一團和氣地工作著。可能是舊帕特拉里斯兄弟退休了（我並沒有因此而感到悲傷），店面擴張了，變乾淨了，菜單煥然一新，菜色種類也大為增加。嶄新的餐具上附有店的商標，菜單上甚至還印著網址。年輕的新帕特拉里斯兄弟很親切、友善、笑咪咪的，而且很熱心，還會說英語。或者——至少——穿著清潔的襯衫。

我環視一圈煥然一新的店內，相當驚訝地心想：「這真的是那家帕特拉里斯的店嗎？」結果我們非常喜歡那家新生的「帕特拉里斯的店」。菜單上也有和以前同樣的 marisa（炸小魚），真的同樣美味。一道道菜分量十足也沒變。價格也很合理（應該說很便宜），而且食材都很新鮮。點了魚之後，還會帶客人到廚房去，讓客人親眼看著實物的魚自己挑選，並在眼前當場烹調。在這家館子一邊聽著安靜的海浪聲，一邊吃著澆上檸檬汁和橄欖油的新鮮魚餐時，感覺相當幸福。我一連兩天都在這家店吃晚餐。非常滿足。只是送出來的 Retsina（松脂葡萄酒），讓我想起以前，好像有一股很衝的獨特味道。我還滿喜歡那種鄉下感覺的獨特怪味。

那家館子旁邊有一家「阿那基洛斯的雜貨店」，是這個地區唯一的食品雜貨店。我們在這家店買過各種日用品，從礦泉水到衛生紙。店老闆是一個安靜的中年男人，因為幾乎不會講英語，所以會用簡單的希臘語跟我慢慢交談。我跟他一邊對話，知道的單字數每天一點一點逐漸增加。他人相當親切。礦泉水中有青苔浮起時，他會用一副「是嗎？對不起」的陰沉臉色換一瓶新的給我。我想密封的礦泉水要長出青苔必定需要花相當長的時間。

沒看到那位阿那基洛斯先生的影子，可能是他太太的人在看店（當然比以前老多了）。我向她買了一瓶礦泉水。當然沒有長青苔。不知道阿那基洛斯先生怎麼樣了。

好吧，距離帕特拉里斯和阿那基洛斯的店大約五分鐘的地方，應該就是我以前住過的房子所在地了，但我怎麼繞著走，都沒找到。在到這個島來之前，我想以前曾經在這裡住過一個月，所以應該立刻就能找到，但似乎過分樂觀了。人的記憶實在不可靠。此外因為附近的住宅改變太多，可能也有關係。我想「路是這麼走的吧」

試著走看看，轉來轉去都沒看到熟悉的房子。走上緩緩的斜坡，就會走到山上，轉角地方的房子有一棵大九重葛樹，開滿美麗的花，兩層樓，有暖爐煙囪……記憶中是這樣，但怎麼找都沒看到像「這樣」的房子。

沒辦法只好又到「阿那基洛斯的雜貨店」去，試著問道：「這附近有達姆迪洛普羅斯先生的房子嗎？」總覺得當初剛來到這裡時，我好像也是在這裡問過同樣的事。店裡聚集了幾個年輕人，有一個會說英語（年輕人大多會說英語），代替阿那基洛斯夫人招呼我。

「達姆迪洛普羅斯啊，在希臘是很通俗的名字。」他說。「因為我的名字，也叫做達姆迪洛普羅斯啊。」（大家都笑了）。

「他是雅典人，從以前就在這一帶擁有夏季別墅的達姆迪洛普羅斯先生。」

「啊，那只有一個。在這附近吧？」

「走路五分鐘的地方。」

「那麼請跟我來。我帶你去。」

就這樣，他帶我去達姆迪洛普羅斯先生的房子。相當親切而熱心的好青年。

「就是這裡呀。」他說。白色圍牆圍著的兩層樓小洋房。周圍的風景也和記憶中不同，「是這裡嗎？」我有點懷疑，但說到這一帶達姆迪洛普羅斯的房子就只有這棟。這麼想後仔細看看，確實可能是這樣的房子。人類記憶這東西真不可靠。我想敲敲門上前拜訪，但窗戶的百葉簾緊緊關閉著。因為是夏季的別墅，因此一到10月已經沒人住了。

「幾年前改建過，所以可能和以前的印象不同了。」那個青年這樣告訴我。我道謝之後，達姆迪洛普羅斯青年就笑咪咪地揮揮手回到「阿那基洛斯的雜貨店」去了。島上的居民（大致上全都）親切而友善。這方面和以前沒有改變。經過二十四年，貨幣變了，周遭的風景也變了，冷戰結束了，經濟上上下下，人心的根本似乎沒有多大改變。那倒讓我鬆一口氣。因為再怎麼說，人的心，對這片土地是最重要的東西。

「這大概就是我們住過的房子。」因此我站在那家門前，讓攝影師岡村先生為我拍一張相。是再訪的紀念照。至於是不是這棟房子，雖然我不能100%確信，不過總之是這種感覺的房子，這樣不就夠了嗎？反正不是在做精密的學術調查。

然後有一會兒，我一邊回想從前的各種事情，一邊在那一帶漫無目的地散步。附近依舊有許多貓。可愛的小貓，頭正朝路上走來的老太太的腳跟摩擦上去時，被「真煩人」似的輕輕踢開。老太太也有她的事要忙。所以我就走上前去摸摸牠一會兒。非常喜歡親近人的漂亮小貓。真想就那樣把牠抱回日本。終究沒有找到九重葛開得茂盛美麗的轉角房子。

第二天上午，我散步到城南的舊港去。慢慢走到港口大約是十五分鐘的距離。我記憶中的舊港真的是個很優閒的地方，好像被時間遺棄在什麼地方般非常閒散的港口。我記得入海口的海面上，有一艘觸礁的古老貨船生鏽的船體，在柔和的陽光下曝曬著。好像沒有任何人想到要把那無用的貨船移開到哪裡去。那就像個藝術品般安穩地、意味深長地坐鎮在那裡。人影稀稀落落、被溫柔地包含在倦怠和靜謐中的美麗而古老的入海口。那兒有一所很大的老修道院，白色的鐘樓和牆壁十分耀眼。海岬尖端有一座被松林圍繞的無人燈塔。燈塔外，圍著柵欄，一隻健壯的雄山羊，守在那裡。牠以執拗的眼光緊緊睥睨著周圍。那樣安靜的光景深深烙印在我的腦子裡。

不過這次造訪時去看看，卻比我所想的多出許多船隻和遊艇停泊在港口，而周圍也出現幾家成排的餐館和咖啡廳。行人熙來攘往，周邊顯得相當熱鬧。讓我非常驚訝。單純只因我的記憶誤差，還是季節的些微錯開，或由於島的發展所致？原因不太清楚。話雖如此，舊港還算是十分優閒的港，是個適合中午前散步的地方。坐在咖啡館喝咖啡，什麼也不想，一邊聽著帆船的帆柱被風吹得發出咔搭咔搭的聲音，一邊眺望海鷗，眺望行人走過的姿影時，時間在不知不覺間很快便溜走了。

我們以前在斯佩察島上住過一個月的房子

我試著登上海岬尖端的山丘看看。燈塔周圍的風景仍如記憶中一般。白色的燈塔，被綠色松林圍繞著。未鋪設柏油的路則從松林間穿過。但燈塔的柵欄裡沒見到山羊。從海面吹來的風搖擺著雜草。松枝在頭上微微發出沙沙的聲音。凝神注視時，看得見各種形狀的船隻駛過海上。有漁船、帆船、有渡輪。船上有來自遠方的人們的營生。天空沒有空隙地薄薄罩著一層灰色的烏雲，海面掀起許多白浪。瑞蒙·錢德勒（Raymond Chandler）在某個地方寫過「像燈塔般孤獨」的文章，但這座燈塔看來並沒有那麼孤獨。看起來只是很安靜。像燈塔般沉默。

從以前就有的木製漁船小造船廠，發出咚咚的木槌聲。有點懷念的聲音。規則的聲音忽然中斷，過一會兒又再傳來。這種地方一點也沒有改變。側耳傾聽著那木槌聲時，心回到二十四年前。當時的我剛寫完《世界末日與冷酷異境》這本小說，正在考慮開始執筆下一部作品《挪威的森林》，一個三十幾歲過半的作家，可以歸類於「年輕作家」之中。老實說，自己現在還覺得自己是「年輕作家」，不過當然沒這回事。時間經過了，我年齡當然也增加了。再怎麼說，都是無可避免的過程。不過坐在燈塔的草地上，側耳傾聽周圍世界的聲音時，我感覺自己的心情和當時好像並沒有多大改變。或許只是未能好好成長而已。

再訪斯佩察島只有一件事讓我很失望，那就是車子數量比我預期的增加。我住的時候，除了緊急車輛之外，島上幾乎沒什麼車子。連計程車都沒有。搬運行李時，還必須利用馬車才行。聯絡船的到達港（新港），經常停著幾輛沒有頂棚的馬車在等待機會。現在雖然也還有幾輛馬車，但那主要好像是為了觀光用的。當地人則比較現實地利用計程車。和德國一樣採用 Mercedes-Benz 賓士車 E 級的計程車。摩托車數量也增加許多。那引擎聲實在很響。這對島上的觀光，必然產生負面影響。因為並不是多大的島，所以我想應該禁止摩托車，大家改騎腳踏車會比較好。腳踏車安靜，對健康也好。不過好像男女老少，大家都非常喜歡摩托車。都發出巨大的聲音騎來騎去，因此吵得不得了。毫無旅行情調可言。如果沒有摩托車和汽車的話，真的是個美麗的島啊。

我想如果我是個像歐納西斯一樣的大富豪的話，我會買大量的電動摩托車送給島民。「別騎摩托車了，請改騎這個。」那就不再有噪音，沒有汽油味，也不會污染空氣。因為不需要跑長距離，所以也沒有充電的不方便吧。但因為這種事辦不到（當然），所以大家好像一邊敲著金臉盆一邊發出巨大排氣聲，騎著本田或川崎的摩托車到處跑。雖然我在雅典遇到的人，都說「斯佩察還沒有車子在跑，所以很安靜、很好喔。」但那情報似乎錯了。還沒有車子在跑的，是隔壁的伊德拉島。

不過斯佩察島的海依舊美麗。可喜的是，這種地方沒變。水無限透明，清澈見底。只有這裡才看得到令人心平氣和的海。海色和愛琴海的深藍有點不同。造訪過希臘的幾個島之後就會知道，不同的島，海的顏色看起來也會稍微不同。

斯佩察島有一個好消息，高級飯店「波西多尼奧」（Possidonion Hotel）復活了。這棟緊鄰港口的古老豪華飯店，曾經風靡一時。貴族和名流從全歐洲來造訪這個島，投宿這家飯店。但由於各種原因，島蕭條了，飯店營業也支持不下去，長久一直持續休業。我們住在這裡的期間，落魄得幾乎變成廢墟。那模樣就像過去曾經非常美麗的貴婦人年老後得了痛風似的。但經過大幅整修後，去年以豪華飯店重新開幕。設有高級法國餐廳和時髦的溫泉浴場。似乎投入大筆資金。這次可惜無法住宿。不過以參觀過的門廳看來，是個相當華麗的飯店。但10月也已到中旬，大門和門廳人影都很少，靜悄悄的。據櫃檯的女服務生說「營業到本週末為止，接下來就要休息了，要等明年4月才會重新開始營業」。旺季的時候想必是一副優雅的熱鬧光景。希望能在那樣華麗的時期，再度造訪一次這座島。試想起來我都是在淡季到這島來的。簡直就像專挑卸妝後的時間，去見女人似的……。

我這次住的是一家名叫「Armata」的雅致精品酒店（Boutique Hotel）（以前沒有這類飯店）。我們是這一季最後的住宿客，酒店員工差不多都在準備收工了。

沒有其他客人。游泳池的水已經放掉，躺椅已經收起來，太陽傘也收了。餐具都已經收拾好。櫃檯的親切青年（可能是家人在經營）說「你們是最後的客人」，還送我們一瓶看來很高級的葡萄酒。是科林斯近郊生產的葡萄酒。我們很感激地收下（後來喝時非常美味）。到了下星期，這島上的餐廳和飯店大半都會關起大門。夏天裡來到這島上工作的許多外島人也會回到家鄉去，然後這島會變更安靜。話雖如此，但很遺憾只有機車的排氣聲依舊無法消失。

離開島，無論是什麼樣的島，不知怎麼仍然心有不捨。如果是像斯佩察這樣，充滿溫暖記憶令人懷念的島，就更不用說了。跨過被波浪搖擺不定的舷梯上了船，在塑膠椅上坐下，終於聽到引擎聲響起。船慢慢調轉方向，船頭朝向外海，緩緩駛出防波堤。站在防波堤送別人身影逐漸遠去。一隻黑狗站在碼頭前端，邊吐著紅舌頭，邊注視正遠去船的身影。那或許是這隻狗的習慣。或許是一隻非目送離去的船不可的狗。有一點這種習慣的氣氛。不過終於看不見那隻狗，也看不見揮手人們的身影了。

村子逐漸變小，遠山漸漸轉成只是淡淡的輪廓。終於連島本身也靜靜地被浮在水面的不定形霧靄所吞沒。無論眼睛睜得多大，往後都只能看見地平線。連那樣的島曾經以實體存在那裡的事，都變得不確定了。繼續生活在那裡的人們模樣、在那裡的綠色松林、老造船廠、親切的海濱海鮮餐館、改裝過的豪華飯店、伸出舌頭目送船隻離港的狗，現在感覺也都變得不太真實了。

下次不知何時才能再訪這島？不，可能再也不會來了。當然，去某個地方順便經過的事，是不會發生在這個島的。不是我們下決心造訪這島，就是完全不造訪這島。只有二者之一。沒有所謂中間這回事。

三小時後船到達皮里斯港。我把行李扛在肩上，踏上堅固的大地，並回到日常的延長線上。回到我本來所屬的時間性中。遲早都必須回去的那個場所。

〈追記〉

我那次造訪希臘後不久，所謂「希臘危機」就變嚴重了。雖然就我所見的情況並沒有那種跡象。無論如何，我祝希臘人能重新享受幸福愉快的日常生活。

如果有時光機器

紐約的爵士俱樂部

如果有時光機器，如果有人說你可以隨心所欲地使用一次的話，你會想做什麼？想必有很多希望吧。不過我從老早以前就決定好明確答案了。我要飛到1954年的紐約（一個很基本的愚蠢問題，時光機器能飛嗎）。總之我的希望是，在那爵士俱樂部痛快地聽克里夫．布朗與麥克斯．羅奇五重奏（Clifford Brown & Max Roach Quintet）的現場演奏。

或許有人會說，真的那樣就好嗎？你不想去親眼目擊金字塔的建築現場，或馬拉松戰役、或大化革新、或希特勒所發動的慕尼黑事變等歷史事件嗎？確實那些也很吸引我，但因為我本來個性就不太有欲望，因此並沒有那樣偉大的希望。只要能鑑賞克里夫．布朗與麥克斯．羅奇五重奏的現場演奏就足夠了。那五重奏的素質極高，又因克里夫．布朗因交通事故去世，樂團活動時期短得難以令人相信。所以我才會想那有特地超越時空一聽的價值，應該會帶著「啊，讓我聽到好東西了」的滿足感喜洋洋地回到現代吧。

當然我也想聽查理・帕克（Charlie Parker）和比莉・哈樂黛（Billie Holiday）的現場表演，但這些人染毒太深，演奏品質相當不穩定，又經常習慣性遲到、缺席，所以難保不變成「我雖然去了，但最後他們終究沒出現在舞台上，我只喝了啤酒就回來了」。畢竟那機器只能用一次，如果碰到那樣的情況，簡直慘不忍睹。因此，我在這裡想特地選擇認真而沒碰毒品，以「一期一會・全力投球」為座右銘的克里夫・布朗的舞台。如果有人擁有時光機器，還請務必通報村上一聲。

如果不像我這樣拘泥於克里夫・布朗的話，要到紐約的爵士俱樂部去並不太難。只要極平常地在甘迺迪國際機場降落就行了。如果沒有時光機器，不必拘泥於過去的光榮，只要盡情享受現在正在眼前的美好事物就行了，這大概是全世界所有地方健全市民的健全想法。

只是這種情況，最大的敵人怎麼說都是時差。從日本搭飛機飛到美國東海岸時，正好是現場表演漸入佳境的夜晚十點左右，但卻是這邊最睏的「著魔時刻」。

我也很丟臉，有過幾次在演奏中呼呼睡著的經驗。80年代初，我去聽最喜歡的歌手馬克·墨菲（Mark Murphy）的現場演唱，但喝了一杯啤酒之後，就很舒服地睡著了，幾乎想不起是怎麼樣的演唱。現在想起來都覺得遺憾。不過那是個非常小的，感覺良好的地下爵士俱樂部。

我在「藍調之音」（Blue Note）聽迪吉·葛拉斯彼（Dizzy Gillespie）的樂團演奏時（很遺憾迪吉在那次的現場演奏後不久就去世了），因為當時住在美國，所以非常清醒，但身邊的日本客人大半都呼呼大睡。喜歡開玩笑的迪吉還到餐桌間來回走動，在日本人耳邊大聲吹喇叭把他們吹醒。他愉快地笑著開玩笑說：「日本人特地到紐約的爵士俱樂部來睡覺喔。」我也不好意思地笑了。不過那時差的睏，沒經驗過的人恐怕無法了解。對了，時光機器有沒有時差睏？會暈機嗎？越想越迷糊了。

這次探訪紐約爵士俱樂部的目的之一是到「前鋒村」（Village Vanguard），去見女老闆洛蘭・戈登（Lorraine Gorden）。洛蘭女士在爵士樂的世界是一位相當傳奇性的人物。從少女時代就是狂熱的爵士樂迷，首先和藍調之音（Blue Note）唱片公司的創始者艾佛列・萊恩（Alfred Lion）於1942年結婚，對剛創立不久的唱片公司的發展付出貢獻，但因故和他離婚（不過世間好像不太有人是無故離婚的），然後和爵士俱樂部「前鋒村」的老闆麥克思・戈登（Max Gordon）再婚。又在戈登先生去世後，以一個女人之身一手掌管這具有傳統的爵士樂俱樂部。

幾年前述說她波濤萬丈半生的著作《*Alive at the Village Vanguard*》出版了。我立即讀了這本書，非常有趣，我想務必要去見她一面。畢竟是和「藍調之音」以及「前鋒村」這爵士樂史上兩大偉大標竿性代表人物擁有深刻關係的人。談話一定很有趣。何況她是個好惡激烈、言語率真，想說什麼會毫不遮掩地明說的人。讀起來

傳說中的爵士俱樂部前鋒村

真痛快。當然，（可以說）也想順便花幾天時間到以「Village Vanguard」為首的幾家爵士俱樂部，盡情泡在爵士樂裡。

「Village Vanguard」名副其實是格林威治村的老牌爵士樂俱樂部。自從麥克斯．戈登於1935年第一次舉辦現場演奏以來，竟然在同一棟大樓的同一個地下室持續營業達七十六年。剛開始也演奏民謠和表演喜劇，但從50年代中期至今已成為專門演奏爵士樂的俱樂部。延伸到人行道的布棚和霓虹燈商標成為這家店的象徵標誌。

紐約有很多家爵士樂俱樂部，但只有這一家能持續這麼久不搬家就在同一個地方營業。店本身已經成為「世界遺產」一般，光是走進店裡在椅子上坐下來，就會湧起一股像被靜靜吞進歷史中去的肅穆情緒。

「不過，其實也不斷發生很嚴重的麻煩。」洛蘭女士說。「畢竟是將近百年前建的大樓，因此不是漏雨、管道壞了，就是消防署來挑毛病，不知道下次會發生什麼事。」我造訪店的那天正好下著大雨，因此她一邊說著，一邊不得不為漏雨而煩惱。

建築物確實很舊了。或許可以說已經接近破爛的地步了。家具擺飾也絕不豪華，菜單上只有有限的飲料，完全沒有供應食物。但在這家店裡聽現場演奏的人，一定會為那音響之美而吃驚。天花板和牆壁相當凹凸不平，地板也曲曲折折呈現不規則的奇怪形狀。看來有點像為了惡作劇設計而成的高爾夫球場。第一次見到時，會擔心這種奇形怪狀的地方能聽音樂嗎？但耳朵實際聽到那聲音時，卻會立刻認同「嗯，對了，這才是爵士的聲音」。聽起來簡直就像真正的爵士之音深深滲入店裡每個角落，正和演奏中的樂器聲活生生地共鳴著一般。

因此到目前為止在這家店裡，像桑尼．羅林斯、比爾．伊文斯、約翰．柯川、加農砲．安德烈等，無數傑出的現場錄音都是在這裡錄的。好像很重複，不過紐約有許多爵士樂俱樂部。但在漫長歲月中能吸入這麼多音樂，讓牆壁和天花板到現在依然鮮活地繼續記憶著那些的店，除了「Village Vanguard」之外沒有任何一家。

要讓哪一位音樂家出場表演，到現在依然由洛蘭女士決定。幾乎維持著家族經營的狀態，女兒和女婿也來幫忙店務。演出酬勞無論演出者有名無名一律一樣。不會因為是溫頓．馬沙利斯演出，就特別給高額演出費。因為場地不太寬敞，也幾乎不會因為演出者的等級不同而改變票價，就算要付，現實上也付不起。這裡沒有營利氣氛，可以沒什麼服務，一旦端出最低限度的飲料之後，幾乎也不會再來做續杯服務。有很多音樂家說「酬勞低沒關係，希望能在Vanguard演出」（據說溫頓．馬沙利斯就是其中之一）。我想，總之這就是爵士，總之這就是紐約。也不用說，總之那就是「Village Vanguard」。或許應該說，這正是「傳統的力量」。走進這家店，點了威士忌加蘇打水，邊喝邊等候現場表演開始，感覺幾乎就像搭時光機器來似的。

亨利．季辛吉（Henry Alfred Kissinger）到這家店來時，站在入口的洛蘭女士

看看今夜的音樂訊息

連微笑都沒有地說：「本店音樂費20元，基本飲料10元。不接受信用卡或支票。可以嗎？」這傳聞很著名。季辛吉乖乖從皮夾裡掏出現金來付錢。畢竟是牌子硬的店。洛蘭女士1960年代離開爵士，投入反戰運動，而且是到過河內的人，跟季辛吉一定不太對盤。

我一連兩夜到「Village Vanguard」聽現場演出，由以色列名叫安娜特・柯恩（Anat Cohen）的女單簧管演奏者率領的三人兄妹樂團做精彩演出。以三兄妹的三管站在前排。可以說是接近「新主流派爵士」的樂團。節奏組是紐約本地音樂家。一組兄妹，感覺搭配得非常和諧。我對坐在入口附近位子的洛蘭女士（經常坐在同一個位子）說：「非常棒的樂隊喔。」她卻回答我：「是啊。不過有點吵。」有點吵的音樂似乎不是她所喜好的。不過這位安娜特・柯恩是她現在所支持的年輕樂手之一。她還說：「明天晚上她將以單簧管演奏，向班尼・固德曼（Benny Goodman）致敬。這很棒喔。」她已經是八十多歲的後半了，仍然擁有好聽力，擁有自己的喜好。對任何人——可能連對客人——都不打算讓步。

此外我還到中城的「鳥園」（Birdland）去聽傑出歌手庫特・艾靈（Kurt Elling）的現場。他唱當年厄爾尼・沃茨（Ernie Watts）被約翰・柯川（John Coltrane）看上時，所唱柯川的《敘事曲》曲目，真是非常迷人而聰明的選擇。我第一次現場聽庫特・艾靈的歌，立刻喜歡上他。他扎實地繼承了前述馬克・墨菲（Mark Murphy），或喬恩・亨德里克斯（Jon Hendricks）等技巧派男歌手的傳統。既有技巧，曲編得也很灑脫。同台演出的厄爾尼・沃茨也離開了融合時代的印象，非常活躍。我回到日本時，正好和那天演奏內容相同的CD也以新作開始發售。

休息時間艾靈先生特地走到我的座位來，笑咪咪地說：「村上先生，我讀了很多您的書喔。」我說：「謝謝。」跟他握手。他是令人感覺非常好而知識豐富的人。

「鳥園」當然也是從以前開始就是個超有名的俱樂部（從現在倒推六十年前，

創始俱樂部的開幕首日，由查理．帕克的樂團演出），後來搬過幾次家，經營方式也變了。可以說和頑固地維持以前「老式豐富」氛圍的「前鋒村」成為對照，更接近設有最新設備的夜總會。店裡寬敞清潔，供應餐飲，飲料也會為客人續杯。服務非常周到。如果想和女伴到紐約像樣一點的地方共享愉快的夜生活時光，這裡或許最適合不過了。而且這裡價格合理，演奏的質也沒話說，爵士樂扎實地響著。很值得推薦。

在上城、中央公園西側，哥倫比亞大學附近，有一家適度時尚、雅致的爵士俱樂部「煙」（Smoke）。我到這裡聽過資深鋼琴師拉里．威廉斯（Larry Williams）所率領三重奏樂團的現場表演。鼓手是比利．哈特（Billy Hart）（好懷念）。演出的樂手似乎也多半住在附近，因此演奏多少有點本地式的輕鬆。這種地方也是紐約立地條件上的強項。

有一家以前稱為「奧吉的爵士酒吧」（Augie's Jazz Bar），是相當醇厚、深受行家喜愛的夜店。但，1998年關店，後來就由現在的經營者接手，改以Smoke為店名。這家店離黑人較多的哈林區比較近也有關係，可以說多少有點黑調，或整體上不經意地散發著一股「美國南方、純樸不做作」（down-home）的氛圍。和格林威治或蘇荷區一帶的個性有點不同。音樂家和觀眾席之間這類的交流，好像也比較自然。這方面可能大部分是從以前的店承接下來的。如果想一個人信步走進去，邊喝著威士忌，邊享受像鄰居演奏的現場爵士樂的話，或許到這家最適合。餐點的菜單內容也相當充實。

我在紐約停留四天之間，每天晚上都到「Village Vanguard」、「Birdland」、「Smoke」盡情聽爵士樂現場演奏。白天則到處逛爵士唱片行搜購LP黑膠唱片。還有什麼地方能夠找到像這樣的至高幸福呢？

不過，如果有人擁有時光機器的話，還是請通報我一聲。

造訪西貝流士和郭利斯馬基

——

芬蘭

一提到芬蘭，您首先會想到什麼？我的腦子裡浮現的，依順序排出來是這樣：

1 阿基．郭利斯馬基（Aki Kaurismäki）的電影
2 西貝流士的音樂
3 慕敏 Moomin
4 Nokia 和 Marimekko

阿基．郭利斯馬基的電影我全部看過，西貝流士的交響曲全集我有五個版本（個人最喜歡五號）。我常用慕敏的馬克杯喝咖啡。Nokia 的手機我前後也用了五年左右。這麼說來，我也許可以說相當偏愛芬蘭。雖然以往並沒有特別意識到，不過試想起來，如果有人要這麼說也難怪。

那麼，姑且不提那個，我已經來到久違的芬蘭。這次是8月初，雖然如此還是準備了外套和毛衣。因為，上次（也已經是四分之一世紀前、1986年的事了）去赫爾辛基時，才9月初，已經冷得我受不了，從大清早，我就像平常那樣一個人

去跑步，但跑著之間竟開始下起毛毛雨。好像還帶有雪花的冷雨。這可不妙了，我想必須趕快回飯店才行，然而怎麼辦，我回程竟迷路了。更糟糕的是，怎麼也想不起自己住的飯店名字。嗯，叫做什麼呢？身體開始漸漸冷起來，想問路也無從問起，真想哭。唉，辛辛苦苦瞎闖一番之後，總算找到了。

因為腦子裡有過這樣悲慘的記憶，因此雖然在大夏天，還是準備了足夠的保暖衣服。但這一次，芬蘭的氣候大體上都算安穩平和。只有一天晚上溫度降得相當低，不過既沒有感冒，在路上也沒被惡作劇的麋鹿糾纏著把午餐錢叼走。我在芬蘭心情愉快地度過每一天，然後回到日本。

當然也不是一切都順利。「旅行如果一切都順利，就不叫做旅行」，是我的哲學（類似）。我到赫爾辛基市內一家郭利斯馬基導演兄弟開的著名酒吧「莫斯科咖啡」去，但連點個飲料都辦不到。身為郭利斯馬基迷，我從很早以前就想過無論如何一定要造訪這家酒吧。不論是從陰暗俗艷的種種60年代風格室內裝潢看來，還是自動點唱機（jukebox）表面貼的偏執選曲單看來，一切都建立在非常郭利斯馬基式的趣味上。根據傳聞，這酒吧的基本經營方針是所謂「冷服務、溫啤酒」。嗯，果然相當獨特。

郭利斯馬基導演除了這家酒吧之外，據說也經營過旅館，但那家現在似乎歇業中。說不定那家旅館的經營方針是「硬床、軟服務」之類的。如果真是這樣，或許想再來住一次的住宿客人就不會太多。

我七點左右走進這家「莫斯科咖啡店」，在椅子上坐下，一直等著有誰來為我點餐，但完全看不見像店員的影子。我耐著性子在那裡等了四十分鐘，但什麼事也沒發生。店裡另外有成對的客人，他們好端端的在吧檯喝著啤酒，因此不久前一定還有哪個店員在。而且總之還有提供啤酒——無論冷的溫的——吧。如果順利，還可能幫你開瓶。不過現在卻不在。我問了那一對客人：「店裡的人不在嗎？」他們說：「啊，剛才還在的，不知道到哪兒去了。可能不會很快回來。因為就是這樣的店嘛。」

這對情侶，男的是三十出頭的芬蘭人，女的是二十多歲有點性感的愛沙尼亞人，兩人看來相當腳踏實地，卻又別有用心似的，散發著濃濃的氣氛。這邊的顧客階層似乎也一副郭利斯馬基式的。真要說是「室內裝潢的一部分」也不為過的兩個人。

後來，怎麼等店員都不回來，因此連溫啤酒都沒喝成就離開「莫斯科咖啡」了。要說遺憾也真遺憾，不過那樣的發展也相當郭利斯馬基，讓人覺得似乎也不錯。臨走時，看到牆上掛著明星馬蒂·佩龍帕（Matti Pellonpää）（我是他的迷）的遺照，請他們幫我在那相片前拍了紀念照。我為佩龍帕先生祈求冥福。

順便一提，我在等候店員回來之間，和那對情侶用英語談到福島核能發電的問題。據說芬蘭有五座核能發電廠。因為芬蘭國土幾乎都是平地，因此也無法推行水力發電。只能靠核能發電。在極北方，沒有人住的地方挖掘非常深的洞，將核廢料

郭利斯馬基導演兄弟經營的「莫斯科咖啡」。
一對像郭利斯馬基型的情侶

丟棄在那裡，嚴密地封存起來。但那要花十萬年左右之後，才會變成無害。我說「但是，日本並沒有那種沒人住的地方。」「唉，問題好多真傷腦筋啊。」談到這裡沒話說了，於是告別。他們對核能發電問題並沒有劃時代的建言，也沒有有效的提案。本來就不是能夠期待這種事情的對象，因此也沒辦法。

關於西貝流士。

我也造訪了西貝流士度過大半生的著名山莊「艾諾拉山莊」（Ainola）。這山莊位於離赫爾辛基約40公里的耶爾文珮（Järvenpää）田園地帶。一提到西貝流士好像就會有很久以前偉大作曲家的感覺，但其實不久以前他還活著（話雖如此也只到1957年），他就在這棟房子裡實際生活了五十三年之久。西貝流士過世後，家人還暫時住在這裡。因此這棟房子與其說是「歷史性遺產」，不如說更接近「漂亮地保存下來的朋友老家」的氛圍。

西貝流士以九十二高齡去世之前，這棟房子都沒有自來水管的設備。並不是因為沒錢所以無法裝水管。而是因為施工太吵，會妨礙作曲，所以就說「不需要什麼水管，有井水就夠了。向來就是這樣生活過來的」。堅決拒絕裝設。他就是這樣神經質的人。因此全家人都必須到戶外方便。在嚴冬的芬蘭每次都要出去外面上廁所可真要命。當然夜晚可能使用室內便器，但這也應該不是很舒服的東西。西貝流士去世後，留下的家人首先做的，就是在艾諾拉山莊引進自來水管設備。那種心情我可以理解。

西貝流士留下夫人和五個女兒，我幾乎擅自推測，她們可能會想：「啊，這下子總算可以在家裡裝抽水馬桶了。父親過世了雖然很遺憾，但老實說也有點鬆一口氣。」「真的。不過還是覺得很寂寞啊。」彼此可能這樣交談。有點像小津安二郎的電影情景。

實際上，晚年的西貝流士似乎相當內向，脾氣變得更彆扭。比以前更迴避和外界接觸。我們現在造訪這艾諾拉山莊，在室內所看見的是擁有豐富感性的藝術家，在自然中極為簡樸的——也可以說質樸的——生活模樣。說到當時這裡的娛樂，頂多只有音樂、讀書和造園而已。但只要有這些，或許就已經相當足夠了。人生的奢侈基準這東西，是因人而異的。尤其西貝流士先生一家人對造園似乎相當熱心，留下了美麗的庭園和菜園（遺跡）。

「艾諾拉山莊」中最引人注目的，是稍微離主建築而建的一棟堂堂三溫暖屋。正如許多芬蘭人那樣，西貝流士似乎對三溫暖也懷有近乎偏執的熱愛。自從參觀過這三溫暖屋之後，每次看到西貝流士的相片或雕像（不知怎麼總是一副難以取悅的

赫爾辛基的 Etelaesatama 港

臉色）時，似乎就會對這位作曲家懷有之前不曾有過的親近感了。因為終於可以想像，他置身於三溫暖的熱氣中，「喔，受不了啊！」緊繃的臉也開心地笑開的模樣，或許他還哼著《芬蘭頌》也不一定呢。

西貝流士的家人在他去世後也還繼續住在這艾諾拉山莊。他的夫人在1969年去世後，芬蘭政府向遺族買下，成立西貝流士紀念館。去過的話就知道，艾諾拉山莊真是周全地保存了西貝流士生前的原樣。從餐具、熨斗、電話機、烹飪用具到床，一切都維持原來的樣子展示出來。因此我們不僅可以看到西貝流士這位音樂家，還可以清清楚楚看到當時芬蘭人的日常生活是怎麼過的。非常有趣。

艾諾拉山莊還留下西貝流士作曲時所用的史坦威演奏型鋼琴，現在音樂會時還實際使用著（艾諾拉山莊會定期舉辦小型音樂會）。這樂器據說是他五十歲生日時，朋友一起合送給他的禮物。以前他用直立型鋼琴作曲。不是因為喜歡直立型鋼琴，而是因為沒有經濟餘裕去買演奏型鋼琴。朋友們曾說「像西貝公這樣著名的世界級作曲家，沒有演奏型鋼琴，簡直是芬蘭的恥辱嘛」這類的話（措辭只是我想像的），於是募集基金，買了新的演奏型鋼琴送給他。據說西貝公非常開心。

西貝公……不，西貝流士的五十歲生日，說起來是1915年的事，當時他已經寫到第五號交響曲。被公認為國家的偉人，《芬蘭頌》和小提琴協奏曲也被全世界頻繁地演奏。雖然如此為什麼會沒錢呢？這樣問艾諾拉山莊的女館長西爾卡·赫爾米內（音譯）時，她說芬蘭當時實質上還在俄國統治下，版稅制度還不健全，作品多半都廉價賣斷，他不太能收到版稅。因此長期為負債所苦。為了賺取生活費，即使心裡「想寫交響曲」，為了容易賣也只好寫一些鋼琴或小提琴的小品。真可憐。不過為鋼琴和小提琴所寫的小品中，也有一些非常傑出的作品。

順便一提，芬蘭正式成為獨立國家是在俄國革命之後，1917年，而且西貝流士已經成為新生芬蘭的顏面般的存在了。

讓我提一下我個人的事，現在我的作品中有四本在芬蘭已經被翻譯、出版了。因為是個好機會於是我試著和出版社聯絡，「喔，歡迎您光臨芬蘭，我們一起用個餐吧。」就在赫爾辛基港附近的雅致餐廳，和出版社的四個人共進午餐。主管、編輯、業務（三位都是女性），翻譯（男性）。一邊用餐一邊問起「生意怎麼樣？」時，得到的答案是「很多讀者在芬蘭語的翻譯出版之前已經讀過英語版了，因此這裡翻譯的出版事業相當難做」。年輕人英語程度已經可以運用自如到這個地步了。此外也有很多以瑞典語讀書的人。不過他們仍然以芬蘭語自豪，因此擁有一種使命感，希望盡可能翻譯更多書出版成芬蘭語。這是健全的想法。希望他們多多加油。

老實說，芬蘭語被普遍使用還算是近年的事。到19世紀為止瑞典語還是芬蘭的公用語言。因為整個芬蘭還在瑞典文化的統治下。現在芬蘭是個雙語國家，芬蘭語和瑞典語兩種語言都以公用語被使用，當時芬蘭語說起來還被視為不太有教養的鄉下人語言。但芬蘭被俄國統治之後，隨著國家意識抬頭，芬蘭語遂成為芬蘭人的共同語言，以及民族認同的象徵，力量逐漸增強。經常有人指出，芬蘭語的語言結構和其他西歐語言有幾分不同，和日本語倒擁有相似的要素。

這麼說來，我很懷念地想起，從前（1980年代中期）和約翰．厄普戴克（John Updike）在紐約見面談話時，他很開心地提到：「我有幾本書被翻譯成芬蘭語。那是個只有五百萬人口的小國喔。」當然被擁有很多人口的國家翻譯出來也值得高興（因為可以賣出很多書），不過被翻譯成人口少的國家語言，以作家來說，也是值得自豪的事。對那個國家會擁有個人的、溫暖的親密感。

不過暫且不提那個，我無論到全世界任何地方去，見到出版社的人時，問他們「景氣怎麼樣？」從沒得到過「啊，賺得不得了」的例子。大多沉著臉一味地抱怨「嗯，書賣得不太好……。」芬蘭也一樣。就算問題不比核子發電和地球暖化那樣嚴重，但書一年比一年不好賣，似乎也是世界共通的煩惱話題。那麼我們的地球今後會變怎麼樣呢？……

暫且不提地球的未來，芬蘭人的夏季度假方式倒相當優雅。負責我書的編輯，據說也在7月休了四星期左右的假，上星期才剛回到辦公室。當話題從書的銷路轉到休假話題時，大家的臉色忽然明朗起來。許多赫爾辛基市民在郊外擁有夏屋，一到夏天就會請長假，離開都會，置身在大自然中優閒地休息。在湖水中游泳、或登山、或做日光浴，洗三溫暖來流汗。畢竟相對於國土面積，人口算是少的，因此空間上很寬裕。雖然一邊說著「景氣不好……」，但生活還是有餘裕。真不錯啊。景氣變不好時，他們也和其他國家的人只會露出景氣不好的臉色有點不同。因為冬天非常長，所以夏天之間不讓皮膚充分吸收陽光不行，這可能也有關係。

我對赫爾辛基市民到什麼樣的地方度假很感興趣，因此租了車，到近郊據說有許多夏屋的赫曼林納（Hämeenlinna）去看看。這個都市在離赫爾辛基約100公里的地方，開車大約一小時多一點就到了。

往北的高速公路到赫曼林納為止真是寬闊、筆直，交通量壓倒性的少。周圍都是綠色森林，除了樹木之外沒有什麼可看的東西（木材長久以來一直佔芬蘭出口商品項目的首位）。樹木種類也相當有限。有樹幹筆直的歐洲赤松和像柳樹般枝條下垂的白樺木，還有雲杉、楓樹等。這些樹種交錯生長，森林無止境地繼續延伸。好像重複了，不過幾乎沒有別的可看的東西。當然為了不要被惡作劇的麋鹿纏上，我眼睛不得不一直盯著路面。我一邊用汽車音響播放從赫爾辛基市內CD店買來的幾張令人懷念的芬蘭語版搖滾樂，一邊優閒地享受開車兜風的樂趣。用芬蘭語聽羅伊・奧比森（Roy Orbison）的〈喔，美麗的女子〉（Oh, Pretty Woman），那封面感覺相當舒服貼心。真的。

赫曼林納有一個形狀細長的美麗湖泊。是古代冰河移動時，一路削除地表逐漸形成的湖，簡直像運河般南北延伸。在那湖畔建有古老的城，風景優美。所謂赫曼林納是「赫曼城」（Hämeen linna）的意思，可見這座城堡存在感之大。這座城是在13世紀瑞典人建的。作為統治芬蘭的要衝。而且在城堡周圍的自然地，逐漸形成市街。當時的芬蘭幾乎只有海岸地帶才有人居住，赫曼林納則以唯一的內陸都市和交易據點興盛起來。

不過這座城堡並沒有實際遇到戰火，19世紀初俄國人代替瑞典人開始統治芬蘭之後，城堡改裝成監獄，據說就那樣一直到1980年代都在收容犯人。現在城牆裡已修復整潔，遊客可以自由參觀。完全沒有留下曾經是監獄的氛圍。如果希望的話還可以租用大廳，舉行結婚典禮（不過試想起來，結婚也像是進入另一種監獄）。登上塔頂，從窗戶往下眺望，湖景相當美麗。但不知被囚禁在裡面的犯人，到底是以什麼樣的心情看那風景的。

參觀過城堡之後，到街上去吃了簡便的午餐，就慢慢開車往郊外狹小而未鋪柏油的路上前進，觀賞沿湖興建的夏屋。在名叫巴羅拉的小村附近，有一家設有放牧

赫曼林納養小馬的女孩

場、飼養著母子馬的家庭。一個五、六歲的小女孩和大狗正在母子馬身邊玩耍。一副溫馨的美好光景。同行的攝影師說：「氣氛真棒。如果可能好想拍照。」於是我請問那家人說：「對不起，冒昧打擾了，可以讓我們拍府上的照片嗎？」星期天中午左右，突然有拿著大相機的日本人出現在庭院前，對方想必也吃了一驚，不過也許想「並不是什麼怪人」，於是爽快回應「沒關係，請便」，是很親切的一家人。

住在這裡的是威卡先生一家，這裡並不是夏屋，他們全家人整年都住在這裡。擁有翠綠而寬敞的庭園，附有伸入湖面的棧橋。前方偶爾有船慢慢駛過。水面清晰地映著白色夏雲。據說這些馬「不是商業用，純粹只是為了興趣而養的」。只為興趣而養馬，說起來格局相當大。養馬不同於養貓，應該相當費事。非常優雅的生活。

我們造訪時，七、八個家人（＋狗）全都走出庭園，正一團和氣熱鬧地用著午餐。可能是三代同堂的家庭。周圍的自然景色豐饒而優美。為了不失去那優美，人們都細心地維護。有這樣的印象。眼睛完全看不見任何一件有損景觀的東西。在這個國家大自然似乎以珍貴的遺產，世世代代安靜地原樣傳承著。

從赫曼林納開始好像一座湖又一座湖跳接著似的，到了充滿魅力的觀光都市坦佩雷（Tampere）有船駛出。從簡介看來，似乎可以從船上觀賞湖光山色和森林美景。不過要再搭船遊湖恐怕還要花掉大半天，因此為了行程的關係，很遺憾這次不得不放棄。在高速公路上一路駛回赫爾辛基時，我一直想著赫爾辛基固然是個有魅力的都市，但未能品味這內陸地區的豐富深度自然，就離開芬蘭真可惜。希望下次能慢慢花時間再來一次。不過真是相當美好的一天。也沒撞到麋鹿。

今年（2012年）赫爾辛基正好被選為「世界設計首都」，赫爾辛基市內所到之處都正在舉行和設計有關的活動。北歐的工藝設計在日本也已獲得很高的評價，從以前就深受歡迎，近年來芬蘭的人氣似乎更升高了。我這次也造訪了幾位工藝家的工作室，參觀了他們的作品。當然他們各自擁有自己獨特的風格，不過淡雅的色彩、簡單的設計性，和日本的工藝似乎有點共通的地方，很多陶器看來似乎可以直接用在日本料理上。難怪會受日本人歡迎。

在赫爾辛基市內擁有工作室、創作作品的陶藝家娜塔莉．拉登馬奇女士，也說：「我經常去日本。」這種交流似乎也很多。她的工作室在一棟大倉庫般的建築物二樓，幾個藝術家共同使用那空曠的空間，一樓則是冰淇淋工廠。據說是芬蘭相當受歡迎的冰淇淋廠商，但因樓下正使用著巨大的工業用冷卻器，因此一走出走廊馬達聲就轟隆轟隆響，好吵。電梯也是業務用的大型設備。不過這種不拘小節的「倉庫感」很有紐約前期蘇荷區的調調，散發著相當濃厚的藝術氣息。

芬蘭的工藝設計和瑞典、丹麥比起來，歷史比較淺，但也因此年輕人更能發揮自由創意，追求風格，這方面的氣勢十分耐人尋味。看來光是邊散步逛各種設計的店，就能在赫爾辛基消磨幾天了。信步走進眼前看見的咖啡店，就能輕鬆用餐。整個市區走到哪兒都安全，也是赫爾辛基美好的優點之一。

和設計雖然無關，不過赫爾辛基港中島上所建的動物園也是個愉快的地方。整個島自成一個動物園。從港口搭渡輪過去，坡道很多，是個相當特別的大動物園，可以當成去野餐般享受遊逛樂趣。不知怎麼貓科的動物特別齊全，對於喜歡貓的我相當愉快。我以前不知道，不過歐洲竟然有各種類別的山貓。如果有空，請務必去看看。不過冬天動物和人應該都會很冷。

芬蘭在整體上都很優閒的北歐諸國中，更是個特別優閒的國家。雖然不太有華麗的地方，不過卻有時間安靜地緩緩流著的印象。人人親切，待人溫柔。食物也美味。是個好地方。如果能去一次，您可能也會喜歡上芬蘭。假如順利說不定會在森林裡遇到童話慕敏中的史納夫欽（Snufkin）……當然這是假的。

〈追記〉

我在《沒有色彩的多崎作和他的巡禮之年》的芬蘭場景全都是憑想像所寫的，事後才去芬蘭採訪考察。好像在試著一一重蹈自己的腳步似的。在這層意義上，是一趟深具趣味的旅行。

大哉湄公河畔

———

琅勃拉邦（寮國）

從日本到寮國的琅勃拉邦（Luang Prabang）沒有直航飛機，因此必須在其他地方轉機，通常會在曼谷或河內轉。我選擇途中在河內住一夜，當時越南人一臉不解地問我：「為什麼要去寮國呢？」可以聽出言外之意好像在說：「寮國到底有什麼，是越南沒有的呢？」

那麼，寮國到底有什麼？或許是個很好的問題。不過被這麼一問，我也無從回答。因為，就是要尋找那**什麼**，現在才要去寮國，這不就是所謂旅行這回事嗎？

但被這樣一問，我試著重新思考一下，發現自己對寮國這個國家幾乎一無所知。過去對寮國也沒特別感興趣。連它在地圖上的哪一帶？都不太清楚。我（相當任意地）推測，你可能差不多也是這樣吧。

從幾項維基百科的事實得知——寮國是東南亞唯一的內陸國，沒有與海接壤的部分。衝浪人口想必很少。代替的（可以說）是湄公河這條大河，將國土由北往南貫穿流過。河川本身也成為和緬甸與泰國的交界。國土面積約為日本的三分之二（其中大半是險峻的山地和茂密的森林），人口則是日本的二十分之一。全國的GDP大約相當於鳥取縣經濟規模的三分之一。根據IMF（International Monetary Fund，國際貨幣基金組織）被歸類在「發展中的後進國」。國民的78%從事農業……話雖如此，但到底是怎麼樣的地方，也完全無法掌握吧。我也不清楚，所以只能實際去看看。

我的目標琅勃拉邦，位於湄公河畔，是一個相當小巧的城市。城市本身，可能還不如城外的飛機場大。就像門口相當寬大豪華，但房間數卻很少的房子一樣。好像穿過客廳，打開通往後面的門時已經到了後院那樣。

人口兩萬多。有數不清的——一定能數清，只是不知道正確數目——大小寺院聚集，一般被稱為「佛都」。昔日是瀾滄王國的實際首都，但為了防衛上的原因（這個國家自古以來一直經常必須考慮到防衛問題），16世紀遷都到永珍，因此現在這裡就像奈良一般，成為宗教氛圍濃重的安靜「古都」。是一個深受外國觀光客喜愛的城市。順便一提這裡也被登錄為「世界遺產」。完全沒有高層建築或購物中心之類的東西。沒有星巴克或麥當勞，連停車計費器、交通號誌都沒有。

因為寺院多，所以僧侶人數自然也多。許多身穿鮮豔橘紅色僧袍、理光頭的僧侶，在鎮上的每條街上、每個方向來來往往。他們非常安靜地裸足步行，經常面帶溫和的微笑，悄悄低聲交談。身上橘紅色僧袍和腰間纏著的鮮黃色腰帶，組合非常醒目。

許多僧侶為了遮擋強烈的日照而撐傘，很遺憾傘大多是極普通的黑色洋傘。我想，有誰——例如某個NPO非營利組織海外援助機構的人——來為他們設計配合僧袍的橘紅色漂亮洋傘，或搭配腰帶的黃色洋傘，這樣顏色將顯得更統一。琅勃拉邦的風景想必將比現在印象更鮮明。而他們身為僧侶的身分，也將更加不可動搖吧。就像養樂多燕子隊熱心的棒球迷，撐著綠色的傘，威風地前往神宮球場去觀戰一樣。

或者過分講究色彩搭配反而和樸素的信仰心根本上不相襯嗎？一旦開始想起來，似乎都無所謂了，只是人在琅勃拉邦那幾天，傘的顏色這事一直沒有離開我的腦袋。由此可見，走在路上的僧侶人數真的很多。

在佛教信仰很盛的寮國之中，琅勃拉邦尤其是個信仰心篤厚的古城，僧侶每天清晨五點以前就開始出門托缽。人們用竹編的簍子（稱為提普・卡歐）裝糯米飯（卡歐・尼歐），坐在路邊，給經過的每一位僧侶依序分別送上一份。一般人不可以處

清晨出門托缽的僧侶們

在比托缽中的僧侶高的位置，眼睛也不能對看（例如踩著高蹺來捐贈就更別提了），必須端正地坐在路邊，從下面恭恭敬敬地呈上才行。那是重要的禮儀。

僧侶們以寺院單位列隊前進，赤著腳陸續走來，正如前面所述那樣，瑯勃拉邦有許多寺院，每一座寺院大約平均有20人至30人左右的僧侶。行列前面由地位高的僧侶帶頭（偶爾由聰明的狗前導行列），行列最後則是由約莫小學低年級年紀的小見習僧侶接續。他們始終沒說話。完全不開口多說廢話。一切靜悄悄的。既沒有僧侶嘰嘰喳喳地說「昨天達比修的投球很厲害吧」，當然也沒有僧侶用iPhone看簡訊。對托缽這件事大家都認真地不開玩笑。奉獻的一方當然也必須認真做才行。

街上的人從大清早就準備了卡歐．尼歐，安靜地等候僧侶們列隊從路上走來。那樣的儀式每天不可或缺地持續進行，想必相當費事，但在瑯勃拉邦，那卻成為人們日常營生中很自然的一部分。寮國雖然原則上是社會主義國家，但這種民間的佛教信仰，已經超越國家體制，根深柢固卻又淡淡地，就像湄公河的河水不斷流著那樣，不變地繼續著。我也想到「任何事情都是一種體驗」，於是在天色還暗的清晨時刻端坐在路邊，試著對僧侶們「獻上」糯米飯。嗯，雖然只是跟著做的事，但實際試做起來，卻不可思議真切而強烈地感受到其中擁有土著力量似的東西，以及一種真實感。宗教家經常會說「就算是形式上的模仿，實際繼續做下去，不知不覺也會變成真的」，或許確實有這樣的地方。

無論如何，這裡是離東京都港區相當遠的地方——當然。如果您有一天也到這琅勃拉邦的話，務必請試著早起，來做這「托缽體驗」。實際坐在地上，為僧侶們獻上卡歐·尼歐時，會在那裡感受到某種超出預期的所謂儀式力量，或場所力量。

在琅勃拉邦城區正前方，湄公河名副其實地滔滔流著。琅勃拉邦是歷經漫長歷史，由湄公河撫育長大、興盛起來的城鎮。那條又長又大的河貫穿寮國的國土，流經之處土地因而肥沃，水產因而豐足，也成為交通的重要幹道。但那決不是和平而安穩的河。我造訪該地時正值乾季，水位應該是比平常低，然而即便如此穿過山間的河水依舊水流湍急而快速，水像剛下過大雨之後般，始終呈現茶色的不祥混濁模樣。湄公河從各方匯聚了許多支流，到下游成為巨大的河川，到接近河口處，形成著名的湄公河三角洲。不過在這一帶河的寬幅還只有100公尺左右（因為附近沒有架設任何橋梁，所以人們都搭乘渡船來往於兩岸），站在岸邊，眺望著那泥水不斷滾動時，想到這水底下到底有什麼，是什麼樣的生物住在那裡時，心情也會開始有點不安起來。

我從琅勃拉邦舊皇宮附近的碼頭搭乘稱為「Long-tail boat」的渡河小船，上溯到離市區25公里的上游，造訪途中經過的小村，參觀排列著無數佛像的不可思議洞窟，通過岸邊的監獄（建有不祥的監視塔）、菸草工廠、王室過去的夏宮別墅前。因為河水流速非常快，因此逆流而上比反方向的船要花兩倍以上的時間。有時是忽然嘩啦嘩啦下起雨來，烏雲密布涼涼冷冷的日子。雖說是東南亞，但這裡是在內陸的深山裡，冬天氣溫也會降到非常低。實在不是很適合搭船旅行的天氣。不過也因此，河川（或許）也讓我窺見了和晴朗愉快的好日子稍微不同的一面。

身上包著連帽上衣和風衣，坐在小船上，眺望著被雨濡濕的河邊密林風景，和洶湧的流水不斷撞擊某種障礙物而掀起的巨浪和飛沫——小船巧妙地避開那些地方，流過河面的各種無名的生活物資之間（偶爾也像被引擎聲的單調所引誘般，忽然打起瞌睡），湄公河所擁有的深深神祕，和陰暗沉默的模樣，就像潮濕的薄霧般，始終籠罩在我們頭上。甚至可以感覺到一股想以「不穩」「不明究柢」來表現的心情。湄公河，簡直像一種巨大的集合無意識般，一邊刨刮著土地，在各個地方招收夥伴、增強勢力，一邊粗壯地貫穿大地。並在深沉的混濁中隱藏自己。在巡視大河的風景時，對大自然豐富的恩惠油然興起感觸，並對大地的可怕所帶來的緊張同時心存畏懼。

彷彿可以毫無間隙地看到，住在湄公河畔人們的生活模樣。那又長又大的河川就那樣成為他們的生命線。在因水位下降露出的河濱肥沃土地上（湄公河的水位上下可達10公尺之多），珍惜時間地搶著耕種各種作物。身體壯碩的烏黑水牛群走過來喝著混濁的水，女人們腳踏進水中捕抓河蝦。到處停泊的船中有生活的家人。繩子上晾著洗好的衣服，正無聲地被毛毛雨濡濕。也可以看見在周遭密生的森林中狩獵的人們。雞起勁啼叫、狗此起彼落地吠著。一對農夫模樣的小個子老夫婦坐著非常小的船和我們的船擦身駛過（可能要去哪裡買東西）。人們名副其實沿著湄公河討生活，那意識和心，似乎與川流不息的河水共生著。有時強悍，但大多是認命地。

在河川之前，或者說尤其是在**河川之上**，我們旅行者只不過是通過那裡的、幻影般的存在而已。我們來了，參觀過，又走了。只不過如此。我們在那裡沒留下一點擦傷。一邊搭船逆流而上，肌膚一邊切身強烈地感覺到這件事。有一種自己這個實體終究會一點一點，彷彿逐漸，但確實地在變稀薄似的，奇妙感觸。而且那河——只是對像我這樣的普通日本人而言——水流未免太激烈，也太混濁了。這樣的河，我到目前為止在任何地方都沒看過。就在幾天之內，在我心中逐漸一點一點，卻從相當根本上，改變了我對河川這東西的觀念。

琅勃拉邦有幾家很棒的餐廳。以外國旅客為對象的雅致餐廳。我每天晚上都在那裡慢慢享受晚餐。有當地的寮國菜，有極標準的各類西餐。葡萄酒單也還算充實。而且我覺得味道水準相當高。琅勃拉邦因為有很多外國觀光客（不知為什麼幾乎都是白人，大半長期逗留），到處都有這種餐廳。我在那裡經常點湄公河捕的——至少菜單上是這樣寫的——魚餐。我最喜歡椰子冷湯，和蒸白肉魚。

不過一到早晨，我會到河邊的大早市（以京都來說相當於錦小路，是當地人熱鬧聚集的市場）閒逛，看到店頭排出新鮮魚的模樣時，會不由得大吃一驚。「什麼，這就是我每天吃的魚嗎？」受到輕微打擊。剛從湄公河捕上來的魚，外表看來和我們平常在日本魚店所看到的，差別真是太大了。要說奇形怪狀也許過分，不過老實說，並不是「食慾會不由得被引起」的那種模樣。完全不是。但只要沒看到那模樣，味道本身真是美味。在這早市裡到處堆滿了這種「好像想看，又不太想看」的趣味十足的生鮮野味食材。

有一家店，居然在賣不知是老鼠還是松鼠的串燒。烤得焦焦黑黑的。無論是老鼠或松鼠，或其他什麼——例如就算是去掉翅膀的蝙蝠之類也好，總之那種東西都不會引起我想試吃看看的欲望。當然如果心一橫，閉上眼吃下去，或許和魚一樣，會覺得「嗯，味道還不錯」也說不定。……

不過那個歸那個，寮國的食物相當美味。大約介於越南菜和泰國菜之間，我想大概相當合日本人口味。看到阿婆在路邊賣「五平餅」（也就是串燒丸子）般的燒餅，味道也令人懷念，相當好吃。總之路邊有許多攤子排得滿滿的。各種水果也賣得很便宜。如果以這種東西為主來吃的話，就算年輕的窮旅客在這裡似乎也能相當便宜地過日子。這裡也有很多宿舍般簡單的小旅館（Guest House）。

飯店晚餐的寮國菜

不過這次我因為工作的關係，很抱歉（或許不需道歉），被安排住在超豪華的安縵塔卡休閒飯店「Hotel Amantaka」。據說這裡本來是20世紀初，法國人所建的醫院（寮國曾經有半世紀左右成為法國的「保護國」），美麗而安靜，非常清潔而品味良好，有綠意盎然的廣大中庭，簡直像置身另一片天地。也有大游泳池，和雅致餐廳。

這家飯店每週會有一次，夜晚在游泳池畔，聚集當地的傑出音樂家，為住宿客演奏寮國本地的民族音樂。並有舞蹈表演。本以為反正只是給觀光客聽的安全無害的音樂吧，但實際一聽，卻發現是極有趣的真摯音樂（對不起）。樂團最前面是木琴演奏者，他以「octave playing」（八度音奏法，同時奏響兩組相差八度的音符，達到和聲效果），（和吉他手韋斯・蒙哥馬利（Wes Montgomery）一樣）連續不斷地，接近催眠術般繼續敲著音階。這是主旋律。後方環繞著其他round gamelan（甘美朗）音樂演奏者。他以單線送出對抗他們的合奏旋律。剛開始那主旋律和對抗旋律，淡淡地調和並進，但甘美朗演奏者開始來勁時，漸漸夾雜不協和音的經過樂句。「咦！」我想，然後在那不調和性中，甚至終於感覺到類似催眠狀態的輕微狂亂。旋律線聽來彷彿是任意隨興地表現出狂暴、挑撥的模樣，但仔細聽來，底下的音樂，卻仍和主旋律確實地整體糾結在一起。絕對沒有偏離基本尺度。聽著之間，不禁心想「這簡直就是艾瑞克・杜菲（Eric Dolphy）嘛」。然後當那不調和性達到巔峰時，甚至開始感覺裡面彷彿有一種「陰魂」附身似的可怕。或許可以說是分裂性吧？有種像是意識和無意識的界線逐漸消失不見的地方。在靜悄悄的暗夜裡，一邊側耳傾聽著那樣的音樂，我肌膚一邊感覺到土著潛藏力量之深，令人感動到痛的地步。能偶然邂逅這麼有深度的音樂，對我來說，是寮國旅行的收穫之一。

後來聽飯店的人說，這位round gamelan（和印尼的甘美朗不同，合奏者在主奏者周圍圍成半圓形）的主奏者是寮國屈指可數的頂尖樂器高手。感覺已經相當高齡了，卻仍十分硬朗的樣子。而且據說不演奏樂器時，還在社區擔任巫師（shaman）。原來如此，確實像他會做的，有這種印象。說到音樂和咒術這東西，一定在某個地方根是相連的。

那位巫師兼樂器主奏者，在我從飯店出發時，就像唱歌般一邊唱著長串的咒語，一邊在我的左手腕繫上白色棉繩，像手鍊那樣捲繫起來。實際幫我繫上的是兩位婦人助手，她們在演奏音樂時，一邊敲著鐘般的樂器，一邊擔任合唱歌手（就像艾瑞克・克萊普頓（Eric Clapton）後面有黑人女歌手合唱那樣）。膚色黝黑的瘦小婦人，像雙胞胎似的長得很像。巫師最後對我說：「這是祝你旅途平安的標誌，三天之間不要解開喔。」繩子想解開都解不開（不知是怎麼繫的？）三天後在東京只能用剪刀剪開。在那之間我一直像逃亡的動物般手腕上繫著繩子，在東京度日。而每次看到繩子，就想起寮國。

在可以眺望中庭的陽台優閒地讀書

在琅勃拉邦街上您可以做的事，首先應該是寺院巡禮。逛寺院。這種地方和去京都、奈良的情況相同，不過這裡比起京都和奈良規模壓倒性的小。因此寺院巡禮也不是多辛苦的事。到任何地方大概都能走得到，如果走累了，還可以適度搭帶篷的共乘三輪計程車（不過聲音相當吵）。只要有兩天的話，著名的寺院應該都可以全部走遍看完。我想如果有熟悉故事來歷、能詳細解說的導遊一起走，就更方便了。不過即使不太清楚歷史細節和宗教背景，只要靠導覽書，自己一個人邊想像各種事邊逛，也滿愉快。不如說，這樣反而更能配合自己的步調移動，或許更方便。這時最重要的——容我發表個人意見——不管怎麼說就是要慢慢花時間。

在琅勃拉邦走著，一邊優閒地逛寺院，我發現了一件事。那就是「平常（在日本生活時）我們不太會仔細看東西」。我們當然每天都看到很多東西，但那很多是因為有必要看所以才看，並不是真的想看所以看的。就像在電車上或汽車上，眼睛只是追蹤著一一迎面而來的景色那樣。要好好花時間仔細觀看一件東西，我們的生活實在太忙了，甚至逐漸變得不知道真正用自己的眼睛去看（去觀察）東西是怎麼一回事了。

不過在琅勃拉邦，我們自己想看什麼，要自己去發現，必須以自己的眼睛，花時間去觀察才行（只有時間多得是）。而且必須隨時勤快地運用自己的想像力。因為那裡並不是我們可以適用現成基準和知識，以大量生產的作業流程處理情報的地方。我們對各種事物必須去除成見地去觀察、主動去想像（有時妄想）、去衡量對照前後、做出取捨選擇。因為平常不太習慣這樣做，所以剛開始可能相當累。不過隨著身體逐漸適應當地的空氣，意識也順應時間的流動之後，這種行為會逐漸變得有趣起來。

我在琅勃拉邦這地方看到各種東西。寺院的陰暗建築中排列著無數古老佛像、羅漢像、高僧像和其他不知名的各種雕像，要從其中發現自己個人中意的東西，是相當有趣的事。如果一眼大概看過去的話，只會感覺到「好多佛像啊」就結束了，但如果悠哉地花時間，睜眼仔細一一審視觀察下去，會發現每座雕像都各有不同的表情、姿態和氣氛。

偶爾，會遇到簡直像特地為自己而做的惹人會心的像。不知怎麼甚至有類似懷念的感覺。遇到這樣的像時，會不由得想開口說：「哦，你在這種地方啊。」很多是漆剝落了，底肌發黑，末端缺角的，或也有鼻子耳朵全不見了的。但他們在陰暗中毫無怨言，目不斜視，也不分雨季乾季，只安靜地悄然讓時間通過。恐怕有一、兩百年了。我和其中的幾尊雕像，好像不聞不問，就能感覺到心意相通似的。能給我這種溫柔的親近感這點上或許和西歐修道院的氛圍相當不同。在西歐的修道院，看到的東西會令人有種壓倒性的莊嚴感。當然那也很美好，不過在寮國的寺院，卻看不到那種「由上面發出的壓倒力」之類的東西。

雖然不太清楚詳細情形，不過寮國人好像一有什麼時就會到寺院敬獻雕像。有錢人會敬獻大而氣派的像，沒錢人則敬獻小而樸素的像。那似乎是這個國家信仰心的流露。因此總之有許多佛像、雕像集中到寺院來。而且如果好好探尋的話，不知為什麼，其中確實有和我個人相聯繫（看起來就是）的雕像。而且我可以在那裡，把類似自己身體片斷的東西——以空閒時間和自己的想像力——逐一收集撿拾起來。感覺很不可思議。所謂世界應該是非常廣大的，然而同時，也是用腳可以走到的狹小地方。

琅勃拉邦這地方的特徵之一，是總之充滿了故事。幾乎都是宗教性的故事。寺院的牆上到處描繪著那樣的故事畫。全都是一些不可思議的有含意的畫。我問當地人「這幅畫是什麼意思？」大家都會「啊，那個嘛」熱心地為我解說那故事的由來。都是相當有趣的（宗教性的）故事，首先我很驚訝，那麼多故事，人們居然都確實記得。換句話說，那麼多故事，都在人們的意識中集合地積存著。那事實首先感動我。以那樣積存的故事為前提，形成社區，人們緊密地和地緣結合在一起。

雖然要定義「宗教」這東西是相當困難的，不過像那樣以固有的「故事性」

為認識世界的框架而發揮作用這種事，可以說也是宗教被賦予的一種基本任務。當然，沒有故事的宗教是不存在的。而且那（本來）應該是不需要目的，或仲介者「解釋」的純粹故事。為什麼呢？因為所謂宗教，既是規範或思維的泉源，同時，不，在那之前，應該就以故事的（換句話說是流動的印象的）共有行為自生性地存在著。換句話說，因為那是自然而無條件地被人們所共有的，這件事對靈魂比什麼都重要。

我在琅勃拉邦這地方，一邊做著寺院巡禮，一邊想著這種種事情。雖然還稱不上思索，不過頭腦不由得就去想那樣的事情。可能因為時間太多的關係。

我走到橫街的一個非常小的寺裡時，裡面有一尊對高僧恭恭敬敬獻上香蕉般東西的小猴子的像。不，那可能不是香蕉。總之是某種在叢林裡採的食物。無論如何，很少看見猴子的像，又因為那猴子表情生動可愛，因此我問當地人「這是什麼樣的故事？」據他說，這位高僧在密林裡正在做嚴格的斷食修行，頗有成果，再不久就可以開悟，達到聖人的境界了。然而猴子看到他的模樣，非常同情，拿著香蕉（或什麼）過去，對他說：「和尚，請吃這個。」高僧當然道過謝，禮貌地婉拒了。猴子是不會了解斷食有什麼意義（我也不太能理解）。不過真是好有勇氣的猴子啊。那麼那位和尚有沒有順利成為聖人？這倒沒問，因此我也不知道。

無論如何，我特別喜歡那隻猴子的雕像，幾次走到那小寺去，從各種角度觀賞那猴子的姿態。大概是時間太多的關係。那個寺裡經常有兩、三隻大狗莫名所以地呼呼睡著午覺。狗似乎也時間太多的樣子。

我在那裡遇到的每個人都笑咪咪的，言談舉止安詳穩重，輕聲細語，信仰心重，對托缽的僧侶主動奉獻食物。他們愛惜動物，街上到處可見許多貓和狗悠哉地自由走動躺臥。或許沒有精神緊張或壓力之類的事。狗的表情是溫和的，幾乎也不太會吠。甚至覺得那臉看來好像在笑。街角美麗的九重葛，粉紅色的花像豐沛的瀑布般燦爛地盛開。

但一腳踏出街外時，洶湧地流著泥般混濁流水的湄公河就在眼前，在夜晚的黑暗中不時響起激越的土著音樂。黑色猿猴們在密林裡狩獵，河川底下（或許）潛游著我們從未見過的奇形怪狀的魚。

琅勃拉邦城區正中央有一座普西丘，必須登上（328階陡峭階梯的）山丘，才能眺望遠處蛇行穿越碧綠密林之間流過的湄公河。從這裡所眺望的河川和從岸邊近處所見到的印象相當不同。承受著夕陽餘暉閃爍著金色波光的流水，美麗地撫慰人心。在那裡似乎有連時間之流也放慢了腳步般的寧靜。夕暮漸深，佛塔上方終於開始出現白色星光。魚兒們也在河裡準備入睡了（如果湄公河的魚夜晚也需要睡眠的話）。

「寮國到底有什麼？」對越南人所提出的問題，我到現在還沒有明確的答案。

我從寮國帶回來的東西，說起來除了少數土產之外，只有一些風景的記憶而已。不過那風景中有氣味、有聲音、有肌膚的感觸。那裡有特別的光、吹著特別的風。耳裡還留下誰口中發出的聲音。還記得當時心的震動。那是和只有照片不同的地方。那些風景將以只有那裡才有的東西，在我心中一直立體地留下，不僅現在，直到未來，也將相當鮮明地繼續留著。

那些風景是否會對什麼有幫助？我還不知道。結果或許並沒有多大用處，只不過是回憶而已。但本來，那就是所謂旅行不是嗎？那就是所謂人生，不是嗎？

棒球、鯨魚和甜甜圈

——

波士頓 2

經過一段歲月之後，以一個旅人的身分，再訪過去曾以居民身分度過日常生活的地方，是一件相當不錯的事。那裡已經把你幾年分的人生，切割開來妥為保存著。就像退潮後沙灘上所留下的一串腳印般，清清楚楚。

在那裡所發生的事，見聞的事，當時流行的音樂，吸進的空氣，遇見的人，交談的對話，當然或許也有一些無趣的事，悲傷的事。不過好事，和不能算是多喜歡的事，也都被時間這張軟軟的包裝紙裹了起來，和香包一同收進你意識的抽屜裡頭了。

其實我是住在和波士頓隔一條查爾斯河對岸的劍橋市，但這兩市的生活圈幾乎是一體的。事實上，一到冬天河面結冰之後，有些地方可以渡河走過去（話雖如此，卻不太會想真的去走路渡河）。

波士頓是個迷人的都市。規模不太大，也不太小。雖是個有歷史的地方，卻絕不顯得老舊。過去和現在巧妙地分別共存。沒有紐約那樣的活力、文化的多樣性、娛樂活動的豐富選擇；沒有舊金山那樣豪華壯闊的視野。但卻有唯有波士頓才能見到的獨自模樣、獨自文化。就像波士頓交響樂團，能發出和其他任何交響樂團都不同的特別音響一樣（這麼說來我住在那裡的時候，小澤征爾先生還在擔任波士頓交響樂團的音樂總監）。

看起來，在波士頓，陽光的模樣和其他地方就有點不同，時間也以特別的流法流著。那裡的光是有幾分偏斜的光，時間則以幾種變化規則流動著……。

很抱歉這是一件稱不上美談的話題，波士頓紅襪隊主場根據地芬威球場附近，有一家運動酒吧，我在那兒喝過生啤酒（當然是Samuel Adams），上了廁所。發現小便器裡，放著附有紐約洋基隊標誌的塑膠製消臭劑。意思是「請小便在這裡」（我不免也照做了）。是具這樣特色的地方。居然特地去做那樣的消臭劑，堂堂在市內銷售。越想越厲害啊。因此，人們把那一帶稱為「紅襪國」。走在路上的行人，

波士頓紅襪隊的主場，芬威球場

幾乎都戴著紅襪隊的棒球帽。簡直就像信仰告白似的。一到夜晚，所有市內的酒吧裡，都在播映紅襪隊球賽的現場實況轉播，人們將一喜一憂全都放大聲量盡情發洩出來。

那麼在紐約的人，有沒有往紅襪隊的標誌上小便呢？我想，沒有。他們沒有特別看待紅襪隊。不像波士頓市民那樣把洋基隊當成眼中釘。其中的心理差別相當大。對紐約人來說，波士頓只是除了紐約之外「其他許多地方之一」而已。但對波士頓市民來說，紐約洋基……可能相當類似阪神虎隊和讀賣巨人隊的關係。

無論如何，如果想知道波士頓——或那重要的一部分——的話，您不妨去芬威球場看看。如果運氣好應該可以買到票。不過很遺憾，芬威球場幾乎所有比賽的票，都已經賣完了。雖然也可以從網路上買，但票價往往會提高。總之是人氣很旺的球場。尤其是和洋基隊對戰時，票價更哄抬得驚人。我有一個很棒的朋友擁有幾張年票，因此經常受到他的照顧。非常幸運。

或許現場觀賞球賽不太容易辦到，但參加球場參觀之旅還算簡單。我想光是聞一聞這球場的氣味，這趟旅程就不虛此行了。畢竟這是目前美國擁有歷史淵源最古老的棒球場。這座球場新落成，大聯盟第一次舉辦球賽是得回溯到距今百年以上的1912年4月20日的事。但不幸的是，在那幾天前，豪華客輪鐵達尼號沉沒了。而且因為那悲慘事件的關係，值得紀念的開幕賽新聞，卻被大幅縮小。本來應該是堂堂佔滿全版的大消息……。和紅襪隊有關的人士因此大失所望，之後即使在經過一世紀的今天，還繼續氣憤不平。說為什麼非要選擇那樣特別的時期，特地撞上那倒楣的冰山不可！

倒楣的冰山。

我想您看過就會明白，芬威球場在各種意義上都是不尋常且風格獨特的球場。在大都市正中央的狹小公園內，相當勉強地建成的棒球場，因此蓋得頗狹窄。形狀歪斜，因而誕生那著名的綠色怪物（編注：左外野超高綠色全壘打牆），古風鋼骨

（在觀眾席到處形成死角）、球場內有幾處牆的凹洞（當然從那裡會產生許多不規則的反彈球），讓有懼高症的人背脊發冷，像懸崖般陡峭的二樓席，會被飛來的壞球直接打到的危險內野席（因為捕手背後的護網外沒有圍欄，因此球會一直飛進觀眾席）。不輸給這種有怪癖的硬體，軟體方面也相當奇特。八局後半觀眾一起快樂地合唱尼爾・戴門（Neil Diamond）老掉牙且意思不明的暢銷曲〔編注：〈甜美的卡洛琳〉（Sweet Caroline）〕、形狀扁平的熱狗、就像美式足球的四分衛般，小販從老遠把洋芋片袋子朝客人精準地pass。不過身體一旦習慣了球場的這種模樣、習性、氛圍之後，反而會覺得其他球場沒味道、沒感覺了，真不可思議。

更不可思議的是啤酒賣場。因為芬威沒有賣啤酒的小販，因此如果想喝的話——無論如何反正都會想喝啤酒——只能走到賣場去買。那裡有賣冰涼的Samuel Adams的啤酒原汁。小心翼翼捧在手上別溢出來，邊走回座位。然而每次還是都被要求看身分證。雖然我想我怎麼看都應該不會小於二十一歲，還是不行。我的朋

在美國最古老的棒球場的外場

友比爾，經常和我一起去看比賽，他已經快七十歲（而且頭已經變光禿禿了），加上經常來這球場已經將近半世紀了，跟賣啤酒的人也很熟，雖然彼此以名字相呼喚，還是每次要一一亮身分證讓對方看。

「為什麼？」我問比爾，他搖搖頭說：「誰知道，不過從以前開始總之就這樣了。」這種事似乎很多。這種地方或許就是波士頓這個都市所擁有的味道之一吧。

對了，甜甜圈連鎖店 Dunkin' Donuts 也是波士頓周邊被偏愛的東西之一。這個城市當然有許多星巴克。但頑固的波士頓市民（市民的大半或多或少有點頑固），在街角忽然想喝一杯咖啡時，與其到星巴克，似乎更喜歡走進 Dunkin' Donuts。就算男女店員的熱情程度離友善還差很遠、咖啡的味道稱不上令人印象深刻、餐桌椅和照明器具競相走極簡路線、上網環境等觀念根本不在考慮之內。雖然如此，他們依然不選星巴克，而喜歡繼續當 Dunkin' Donuts 的忠實顧客。到底為什麼？如果問比爾，他可能會說：「哦，我也不太清楚，不過從以前開始就這樣了。」

到紐約去，或在東京，我也不時會走進星巴克去喝咖啡。個人對星巴克並沒有心懷反感，這點希望大家能理解。但只有在波士頓時，說起來我的腳也會極自然地轉向Dunkin' Donuts的商標。在那裡一邊皺起眉頭喝著咖啡，一邊啃甜甜圈，一邊翻開《波士頓環球報》（*The Boston Globe*），看看昨天晚上的比賽結果。因為再怎麼說那裡是波士頓，說到Dunkin' Donuts就是「波士頓心情狀態」（Boston state of mind）很重要的一部分。所以不知不覺就會變成「白巧克力、冬茶、大杯？嗯」。

我住在劍橋時，每天早晨都在查爾斯河畔跑步。河畔到了冬天會被凍結的雪厚厚地覆蓋，幾乎不可能跑。不過春天終於來臨，堅硬地貼在地面的冰終於溶解，到了河邊的綠草也冒出芽來時，加拿大雁（Canadian goose）會在空中排成V字隊形，從南方飛回來。並以那扁平足，在河畔的小徑上一搖一擺，笨笨地來回踱步。我們不得不一邊注意別踢到那些不靈巧的雁，一邊在河邊小徑上跑。就像我們很拚命地跑步那樣（不，或許牠們更認真），牠們也很拚命地在那邊吃草。兩種不同的生活方式，在查爾斯河畔的小徑上宿命性地交錯進行。

雁群會有輪班看守的現象。在其他大雁正在進食的時間內，會有兩隻左右忍著不吃，抬起頭像瞭望塔那樣一直高高地站岡，環視著周圍，確認沒有什麼會侵害群體的東西。如果有可疑的什麼靠近時，則會發出「呱、呱！」的啼叫聲，警告夥伴。我不太知道牠們是以什麼程序決定那看守角色的。是領導指名說：「喂，你去做？」或很自然地自動決定順序？我想這種事應該去哪裡查一下資料，不知不覺間二十年就溜走了。二十年真的一轉眼而已。

嗯，啊。這就是人生。

如果在波士頓沒事可做了（看過棒球、逛過美術館、也參觀過哈佛大學……）而且是天氣晴朗、心情愉快的春天的話，或許去賞鯨也是不錯的想法。帶著帽子、外套和水瓶，上船去。盡量早一點到波士頓港去，最重要的是比誰都迅速地上船取得前方的座位。因為船頭是最佳席位。

我就是搭這種船，第一次看到活生生的實物鯨魚，而且看多久都不厭倦。我真正感覺到，體型這麼巨大的生物要填滿胃袋，必須吃下相當大量的魚才行。鯨魚的一天幾乎完全耗費在捕食作業上。牠們是為了活下去只能不停地吃，或者說，為了不停地吃而活。不聽馬勒的交響曲、不預約錄影、不寫賀年片、不上推特、也不聯誼（大概）。不接受定期健康檢查，當然也不寫小說。因為鯨魚沒有閒功夫去做那些多餘的事。

因此，我從船的甲板上一邊觀看著鯨魚，一邊沉溺於不少哲學性的省察中。從宇宙的觀點來看，牠們的生存方式和我們的生活方式之間，本質上，有多少差異呢？在波士頓的海上無心地追逐著沙丁魚群，和專心聽馬勒的第九號交響曲之間，有多少意義上的差別？一切都只不過是宇宙爆發起源的一個大爆炸（big bang）和另一個大爆炸之間，無常的一場夢而已吧。

在極目所見一無所有的北大西洋上，如果想漫無目的地耽溺於那種壯大的省察的話，我首先推薦賞鯨。當然對覺得這種事情無所謂，只要在甲板上吹吹海風，一直盯著看鯨魚黑黑滑滑的身體潛入海裡，鑽出海面噴出肺中的空氣，就夠快樂的人，我也推薦賞鯨。

而且不用說，如果您來到波士頓的話，應該把去吃海鮮這個項目，排在備忘錄的相當上位。尤其海邊北區（North End）一帶，高品質海鮮店櫛比鱗次。尤其貝類是這個地區特別值得推薦的。我個人推薦名叫熊本牡蠣（Kumamoto Oyster）的小型牡蠣，和名叫小圓蛤（Cherrystone Clam）當地出產的貝。可以幾個人一起去，點滿滿一大盆。端上餐桌時會飄起一股新鮮的海潮香。這時可以擠上檸檬汁，再點冰得透透的加州「鹿躍酒莊」（Stag's Leap）產的霞多麗（Chardonnay）品種釀的白葡萄酒。

下午花時間，慢慢享受這樣的美食時，會頓然覺得「管他什麼人生大祕密、下次的宇宙大爆炸！」

嗯，或許真的可以不用管。

白色道路與紅葡萄酒

——

托斯卡納（義大利）

1980年代後半，我有兩、三年斷斷續續在羅馬住過。在市內租了公寓（想盡量找好一點的環境，搬了三次家），在那裡寫小說。作家這個職業的好處，說起來只要有紙和筆，全世界（大概）任何地方都可以工作。因為那還是個人電腦、網際網路、手機和聯邦快遞都尚未普及的時代，因此日常生活中還有許多不方便的事。連郵件都無法順利寄達。不過一旦習慣了那不方便，而且能覺悟到「事情就是這樣」的話，也會覺得還算不錯。在羅馬生活時，日本就成為地球背面的遙遠異國。我留在日本的許多事物，就像從望遠鏡逆向窺視時那樣，變得細小而模糊不清了。我在那樣的土地上，集中精神寫出《挪威的森林》和《舞・舞・舞》兩本長篇小說，和一本短篇小說。

住在羅馬最快樂的事，是離開羅馬的時候……這樣說實在對不起羅馬，但老實說羅馬這個都會，對觀光客來說是個適合參觀的美麗都市，實際上對居民卻是相當吵雜，住宅情況相當嚴苛，很難說是適合安定生活的環境。不過因為有各種原因，還是決定住在羅馬。因此我下定決心買了車子，一有空閒就從那混沌的大都市逃出來，到義大利美麗的鄉間去轉換氣氛、盡情旅行。蘭吉雅（Lancia）Delta 1600GT是著名設計師喬蓋托．喬治亞羅（Giorgetto Giugiaro）所設計的美麗車款，光是能駕駛就覺得很幸福了。手一放開方向盤時，車會自己一直往左邊偏，要完全掌控需要使出怪力，手排檔經常不順，雖然如此（依然）還是令人執著偏愛的迷人愛車。義大利車——還有義大利這個國家本身——就是有這樣的魅力。開著那輛車行駛在托斯卡納和緩的丘陵地帶，實在是至高的幸福。

為什麼是托斯卡納？我們（我和我太太）經常到托斯卡納去，不用說，是為了選購美味的葡萄酒。到托斯卡納的城鎮到處繞，尋訪當地葡萄酒的釀酒坊，批購中意的葡萄酒。並到城鎮裡的餐館享受美食，在小旅館投宿。這種漫無目的的旅行持續一星期左右，後車廂裝滿了葡萄酒才又回到羅馬。然後我在家一手拿著葡萄酒杯，一邊又重新面對書桌努力寫小說。這種生活持續了幾年。

很美好的生活吧？嗯，確實是美好的生活。實際在義大利生活時，雖然現實上真的發生了一連串的各種麻煩事——簡直就像角色扮演遊戲（role playing game）般（現在想起來都不禁嘆氣），不過我覺得那些日子中似乎含有彌補那些之後，還有剩餘的美麗東西。那就是活著本身的自由，如果以一句話來說，大概就是這麼回事。那種自由在日本是很難嘗到的。

我在義大利所寫的短篇小說其中的一篇，有把在那地方都市旅行的插曲放進去。主角在托斯卡納西北部名叫盧卡的小城，偶然和高中時代的同班同學重逢。盧卡是被中世紀的城牆所圍繞的美麗城鎮。普契尼就在那裡誕生，查特．貝克則因持有毒品被關進那裡的監獄（奇怪的組合）。兩個往日的同學因為在意外的場所重逢感到非常驚訝，走進餐廳，在暖爐火前吃著牛肝菌，喝著1983年卡提布諾（Coltibuono）的紅葡萄酒。並談到許多往事。主角提到以前交往過女孩的話題，這時一件小事的真相明朗化了。記得是這樣的內容（已經二十年沒有重讀，因此也記不清楚細節了）。會提到卡提布諾這專有名詞，是因為我住在羅馬的時候，很喜歡托斯卡納的葡萄酒，實際上經常喝的關係。

那篇作品在日本發表之後，隔沒多久就被翻譯成義大利文，碰巧被釀造這卡提布諾的酒莊女主人艾曼紐拉．斯塔基．布里內提女士讀到，她非常熱心，寄了幾瓶1983年的卡提布諾到我東京的地址，還附上「謝謝您把本酒莊的葡萄酒寫得如此美好」的短箋。我當然心存感激地喝了。1983年就算稱不上最好，據說對經典奇揚地（Chianti Claasico）來說，也是相當良好的年分。

這次採訪其實是久違後的再訪托斯卡納（而且是酒莊的採訪），因此我寫了信給艾曼紐拉女士，試著詢問，不知貴莊是否願意接受採訪。收到「非常榮幸，歡迎光臨。我們也有住宿設備，因此也請住在舍下。我們可以一起用餐，共飲美酒」這樣的答覆。實在真好。

我和攝影師、編輯在佛羅倫斯的機場租車。雖然事先已經向Avis租車提出希望是愛快羅密歐的中型車（Alfa Romeo mid- size），但不知怎麼實際給我們的卻是飛雅特（Fiat）500L的小型車。不過在機場租車辦公室，經常會發生這種事。櫃檯女職員不容分說就以乾乾的聲音告知「這是1300的柴油車」。我不以為然地反問「1300的柴油車?」因為載著三個大人和行李、攝影器材，1300cc的柴油車能在托斯卡納的山路上順利跑嗎？

不過以結果來說，這飛雅特500L卻出乎意料之外是優秀的車。換句話說是飛雅特新型Cinquecento的加長版。不過當卡斯卡斯開心地撥動手排檔，頻頻換檔時，雖然稱不上絕對強力，但也還算跑得開心愉快。嗯嗯，一邊佩服著義大利的道路還是義大利車好開，一邊在彎彎曲曲未鋪柏油的托斯卡納山路上迂迴前進。BMW和賓士車從後面逼近時，就主動讓路「好吧，請便」，雖然如此愉快依然不變。就讓如同鐵面具般的德國車快點先跑吧。

托斯卡納未鋪柏油的路被稱為「白色道路」（La Strada Bianca），那當然是有理由的。從路面飛起細細的白色灰塵，車子跑在路上，半天下來車身就會變成雪白。因為那是含有大量石灰質的土地，也因此停在那裡的車子每輛真的都是雪白的。就算洗了車，反正轉眼又會變雪白，因此大家多半讓車子保持白色。那樣的光景也美得很托斯卡納。而且就是那樣獨特的土壤，才孕育出品質優良的桑嬌維賽（Sangiovese）紅酒葡萄品種，讓橄欖樹結出美麗果實的。

艾曼紐拉女士所擁有的葡萄酒莊「卡提布諾」（Badia a Coltibuono）位於經典奇揚地地區南部海拔 650 公尺的山中。在著名的奇揚地地區，也可以說是出

托斯卡納地方典型的風景

產最高品質葡萄酒的真正心臟地帶。這棟建築物本來就是受到梅迪奇家族庇護的大修道院，在和拿破崙戰爭的前後沒落了，轉入民間之手，改裝為釀酒莊。那是１８４６年的事。從此以後直到今天都在此地繼續釀酒。不過地下室陰暗的酒窖裡依年代順序所排列的酒瓶，最古老的只到１９３７年。為什麼呢？在那以前的年分都沒有保存嗎？被這麼一問，艾曼紐拉女士有點為難，不過似乎看開了說：「比那更古老的，都被佔領軍的士兵們喝光了。」我沒問是德國軍隊，還是美國軍隊（或雙方），不過無論任何地方，任何時代戰爭真是只會給人添麻煩。本來這一帶的土地，從遙遠的古代開始，就是錫耶納和佛羅倫斯兩大都市激烈爭奪勢力的戰場，每次都被捲入，而繼續蒙受巨大損害，因此或許某種程度已經習慣戰爭了。

艾曼紐拉女士從那酒窖的架子上，拿出我出生年１９４９年分的葡萄酒瓶，特別送給我。在經過漫長歲月——相當於我的年齡——之間，雖然已經滿布灰塵，而且發霉的瓶子，但可以感覺到那歷史的重量般。我珍惜地帶回東京。在高興的同時，也相當認真地煩惱，收到這麼貴重的東西，到底要在什麼時候、什麼場合開瓶才好？不過，嗯，再慢慢考慮，不久一定會有什麼美好機會來臨。何況１９４９年對葡萄酒來說好像也是相當優良的年分。太好了。如果不幸是個欠收年，想必我也會消沉失望。

那一夜我們接受招待，享用以開放式燒烤整大塊牛排著名的契安尼那牛的帶骨牛排。就是所謂「佛羅倫斯丁骨大牛排」（Bistecca Alla Fiorentina），肉裡確實還紅紅的，用大把尖銳的刀子刷刷地切開放到盤子上。搭配當地剛採的新鮮蔬菜和香菇。和艾曼紐拉女士，還有她在波隆那的大學讀電影的英俊兒子雷歐納多（我們邊用餐邊談電影），安靜的拉不拉多犬時尚君也一起。在靜靜的托斯卡納山中，外面已經被一團漆黑所包圍。而在高高的拱型天棚下，宗教壁畫圍繞的原修道院的一室裡，一邊聽著肉汁滋滋滴落在燒烤火上的聲音，一手拿著擁有深深陰影的卡提布諾酒莊的玻璃杯時，簡直像溶入歷史之流裡般，心情變得說不出的靜謐。

這個地區還到處留著豐富的大自然。「前一陣子我在附近森林裡散步，還遇到狼呢。不過不是經常。」艾曼紐拉女士說。因此在家周圍散步時，也必須有狗陪伴（和綁著方巾走在青山道一帶拉不拉多犬的任務相當不同）。我們開車經過附近的道路時，眼前也看過漆黑的野豬一家大小橫越馬路。首先由雙親快速越過，接著是幾隻小的拚命連滾帶爬地跑著跟上。那幽默的姿態，從車上觀望著真開心，但想到如果是在森林裡忽然遇到的話，可就相當不妙了。順便一提野豬（cinghiale）餐，也是托斯卡納的名菜之一。像這種使用本地捕獲的新鮮食材烹調的野味料理（gibier，法語），和濃厚的經典奇揚地紅酒非常搭配。稍微濃烈的丹寧回甘，與飽滿的肉汁醇厚地調和。對了，我重新領悟到，奇揚地紅酒說起來本來就是該和這種鄉土野味一起愉快享用的酒啊！也可以理解，原來這地方所出產的葡萄酒幾乎都是紅酒也有道理。

艾曼紐拉女士據說也有梅迪奇家族血統，因此風采容貌和姿態，總帶有一點貴

1949 年的佳釀葡萄酒

族氣息。也是一位個性積極進取的釀酒家。據說她喜歡日本，也造訪過幾次。

花時間在奇揚地地區開車盡情兜風馳騁，真是美好的體驗。稍微誇張地說，那體驗或許可以成為你人生中最精彩的場面之一。沿著和緩的朝南丘陵，葡萄園簡直像海洋的波浪般遼闊地起伏延伸。也看得見色調暗沉的橄欖樹林。陽光無限溫和，經常看來像罩著一層柔和的淡淡霞光濾鏡。紅磚建築，和筆直的綠色柏木，蜿蜒曲折的白色山路。山上不時出現的古城，或零星錯落若有來頭的別墅莊園（他們住在那裡到底過著什麼樣的生活？）優雅、安穩的光景。幾乎看不到任何會破壞那完整調和之美的東西。既沒有便利商店的招牌，也沒有預鑄式住宅。因為在山中，氣溫較低，日照沒那麼強，光是一邊眺望著連綿的葡萄園時，眼前就不覺浮現在那適度的氣候條件下，桑嬌維賽葡萄緩慢安靜地花時間成長的模樣。

如果想盡量遼闊地眺望這一地帶豐饒而獨特的風景，我建議您到瑞卡梭利男爵

（Bettino Ricasoli）的酒莊 Castello di Brolio（布羅利歐城堡）。可以從建在小高丘上極堅固的城堡——要攻佔這座城堡想必需花相當長的時間和勞力——的瞭望台上，將經典奇揚地產區的心臟地帶一覽無遺。葡萄園的廣大平原，豐饒的綠色森林，零星散布的美麗小村莊，那些風景形成壯闊的全景，無邊無際地展現眼前。

這麼說來，艾曼紐拉女士曾經這樣說過：「托斯卡納的土地是適合釀造葡萄酒的理想地方，原因在於森林和葡萄園是混合存在的。森林賦予葡萄園豐富的養分。這一點非常重要。在只有葡萄園而沒有森林的地方，土地會在不知不覺間逐漸變貧瘠。」從布羅利歐城堡上頭眺望托斯卡納的土地時，她所說的話就能了然於胸。光是看著，就能憑感覺體會到，森林和田園相輔相成的模樣。可以深深感覺到葡萄酒這種東西，是從那土地的固有性中生出來的自然水滴。

這一帶的獨特土壤是由黏土和石灰岩混合成的，稍微挖掘地面時，令人吃驚的是竟然接連出現大石頭。到處可以見到這種石頭堆積如山的光景。雖然是幾乎只能生產葡萄和橄欖的土地，然而補償的是，葡萄和橄欖比任何地方長得更好。10月初葡萄收成完畢，立刻開始收成橄欖。人們秋天忙得幾乎無法休假。不過進入11月之後，一切作業結束，一直要到明年春季來臨為止，托斯卡納人可能就在暖爐前喝著托斯卡納的葡萄酒優閒地度過漫長的冬季。或許也有人拿起獵槍到森林裡去獵野豬或射鳥。我眼前浮現人們那樣的生活模樣。

布羅利歐城堡過去的主人瑞卡梭利男爵是曾經當到義大利共和國第二任首相的歷史人物，但在釀造葡萄酒上似乎也相當認真地投注熱情，1872年下了這樣的重要決定：「今後奇揚地地區的葡萄酒，要大家同心協力，一起以這樣的配方釀造」。換句話說，為這個地區的葡萄酒製法，明確規定了數據和方向。若說當初正因有他那樣勇敢果斷的作為，今天奇揚地葡萄酒才會有如此非凡的名聲也不為過。但就算是這樣，要統合義大利人的意見（什麼都沒有，只有意見最多的一群人），嚴格制定規則，讓大家確實遵守，我覺得真是近乎奇蹟。他想必是一位人格優越的人（或口才相當好，或相當可怕的人）。

桑嬌維賽70％、卡內奧羅（Canaiolo）20％、白葡萄酒的瑪爾維薩（Malvasia）10％。據說這是男爵所定的比率。由於這樣的配方，桑嬌維賽特有的單寧強度才受到適度調和，因而產生淡雅的水果香味，變得入口溫潤好喝。長年下來就成為「奇揚地」的味道了。「男爵畢竟真偉大」，我也一邊發出托斯卡納農民的鄉音，深深佩服起來。

本來那嚴格規定的配方比率，近年來已經大為鬆動了。不想被超過一世紀前的古老規則僵硬地束縛，想自由釀造符合自己理想的葡萄酒，覺得「能有各種不同味道的葡萄酒不也很好嗎」的當地具企圖心的葡萄酒釀造家也增加了。這種革新派和守舊派之間雖然有過各種慣例上的爭執，但由於一連串積極改革，奇揚地葡萄酒的品質可以說更向上提升了。現在幾乎不再加進白葡萄酒。也有不少是100％採用桑嬌維賽品種所釀的葡萄酒。所謂「bio wine」（自然無添加物的葡萄酒）也成為一個大趨勢。

不過就算那配方比率大致相同（暫且不提微小差異，桑嬌維賽葡萄仍然是壓倒性的主體，這個事實並沒有任何改變），只要越過一個山頭，葡萄酒的味道竟然也會驚人的不同。這種數據尚無法計測的個性上微妙差異，也可說是經典奇揚地不可思議或迷人的魅力之一。義大利人一般來說，幾乎會精確地介紹自己的故鄉，總說「越過一座山的話，人的長相、說話腔調、個性為人都完全不同」。葡萄酒似乎也可以這麼說。一邊探尋這種每個村子不同的「為人」，一邊慢慢移動下去，或許也是托斯卡納旅行的一種樂趣。

像這樣，Gaiole in Chianti、Radda in Chianti、Castellina in Chianti……托斯卡納地方這些地名有點不可思議的發音（全都是擁有古老城牆的美麗城鎮），不知怎麼一直留在我腦子裡。回到日本之後，只要看見、聽見那些名字，就會想起那地方的風景，在那裡喝過的葡萄酒，在不知名的餐廳所端出來的餐點。然後想到

「啊，一定要再去那裡」。下次一定要租到愛快羅密歐。

我個人擅自把那稱為「托斯卡納熱」。

從漱石到熊本熊

熊本縣（日本）

1 為什麼是熊本？

在熊本時幾乎每天下雨。雖然稱不上豪雨，卻一直下個不停。但因為正好是在梅雨季的正中央造訪的，因此無論下多少雨都抱怨不得。正是農民忙著插秧的時期，如果不好好下雨的話會妨礙農家作業，即使是我（一個還算健全的日本國民）也只能把降雨當成「上天的恩惠」甘心承受。而且，可能也託那降雨的福，熊本這地方被染成漂亮的綠色。從東京過來，雖然兩地同樣是都市，但熊本到處綠意盎然，這就讓我感到佩服。很多地方盛開著色彩鮮明的大朵繡球花，很多河川流過市內。那些河川發源自阿蘇群山，快速往有明海流去，雖然濁水增漲了不少，但那毅然痛快的川流模樣卻擁有某種獨特的東西，從橋上凝神注視時不禁輕輕發出感嘆，「啊，來到相當遠的地方了」。河川，也會因場所的不同而擁有各自特有的流法。

選擇這樣的時期，我到熊本的第一個理由，是來參加「東京魷魚乾俱樂部」的同學會。在這裡先向不知道的人說明一下。所謂「東京魷魚乾俱樂部」是由吉本由美小姐、都築響一君和我所組成類似「文化體驗隊」的組合，主要活動是三個人到各種地方去，眼觀和耳聞各種東西，再分別把那寫成稿子（或拍成照片）。名義上由我擔任隊長，在雜誌上不定期連載，三個人從熱海到薩哈林（庫頁島）等各地方旅行，結果收在《地球迷散記》（暫譯）一書中。

吉本小姐本來就是個像造型原創者般的人，都築君則是個喜歡任何怪東西的編輯，也是得過木村伊兵衛獎的攝影師，而我本來就是個好奇心很強的小說家，我們每人分別擁有一點不同的執著，這種組合相當有趣，三個人一起去探訪各種地方，經常都很愉快。

不過吉本小姐由於種種原因，搬離東京的住宅，回到故鄉熊本（練習大提琴和投入園藝）「悠然自得」地過日子，「東京魷魚乾俱樂部」自然就解散了。那是四年前的事了。從此以後，也想過必須到熊本造訪吉本小姐一次，今年6月碰巧有機會，我開口問都築君：「要不要一起去？」他立刻回答：「好啊，去吧。」因此，就在梅雨季正中央，在熊本市內圓滿順利地召開了「東京魷魚乾俱樂部」的同學會。雖然吉本小姐事先忠告過「熊本的梅雨季很長很不好過喔」，但除了這個時期之外，大家的時間也很難湊在一起。

2 橙書店的白玉君

我上次到熊本來，已經事隔四十八年了。上次「來熊」（讀成raiyu。熊本人不知怎麼很常用這種說法，其他縣的人應該不會讀）是1967年，我十八歲，高中剛畢業。既沒上大學，也沒去上補習班，沒地方可去，只是無所事事地閒著。有一天忽然心血來潮想去旅行，就從神戶港搭渡輪到九州的別府，從那裡再搭巴士越過阿蘇山到熊本。在熊本參觀了熊本城，漫無目的地在街上逛，沒有其他事情可做，於是走進電影院去看電影。片名《大戰三義河》（The Glory Guys）的西部片，這是以山姆．畢京柏（Sam Peckinpah）所寫劇本而聞名的作品，但當時我還不知道山姆．畢京柏的名字。只覺得「滿有趣的」。離開電影院時，走在夜晚的路上有女人向我搭訕，因為令人害怕（畢竟是才十八歲一本正經的男孩），於是沒理會就那樣走開了。對熊本的記憶大概只有這些。然後到長崎去，錢漸漸快花光了，才回家。這是有生以來第一次獨自一人的長途旅行經驗。一個人到陌生的土地去旅行時，光是呼吸著，眺望著風景，都會覺得自己好像稍微變大人了似的。

那麼，事隔四十八年之後——這次年紀確實增加，已經成為大人作家了——來到熊本，第二天在市內的「橙書店」舉行朗讀和對談活動。試想起來，在日本辦朗讀這樣的活動，已經是1995年以來的事。在這麼久之後，為什麼會選這小型的獨立書店做為朗讀場所，主要是想見著名的招牌貓「白玉」。根據吉本小姐信中的描述，白玉是一隻可愛又親切、長得很漂亮的雪白雄貓，值得不遠千里搭飛機特地來看。「橙書店」是頂多只能勉強擠下30人左右、空間有限的書店，不過以我來說或許這種大小比較輕鬆，反而更好。上個月到紐西蘭在2000人前說話，就相當辛苦。30人左右正好。

實際見到的白玉（每天跟著從家裡開車到店裡的主人一起去上班），正如她說的沒錯，真是一隻可愛的貓，我也不禁迷上了。確實難得見到長得這麼好的貓。據說有不少人是衝著白玉來的，名副其實是一隻「招財貓」。乖巧又聰明的貓，因此也不會伸手去抓要賣錢的書。

「橙書店」位於「玉屋通」這條熱鬧的商店街中央，周圍有200日圓飲料店（飲料低消從200日圓起，可以自由帶食物進店，不另收費……這生意能做得起來嗎），有小壽司店，看來不太像會有書店的地方，不過這種地方也可以說比較像獨立書店，正因為「不像」，大家可能反而喜歡。店長田尻女士是在2001年創立這家店的。剛開始以「Orange」的名字開了一家漂亮的雜貨店兼咖啡屋，後來又把隔壁店鋪也租下，兼著經營起心中真正想開的書店「橙書店」。只賣自己喜歡的書，也就是所謂「精選店」，自我啟發類的書一本都沒放。以一個月大約一次的步調，舉辦像這種朗讀會般的活動。我推測很難做成生意，但由於白玉的幫助（名副其實是貓助手），也因為有熱心顧客的聲援，而確實活躍地擔負起支持熊本文化的一翼。

我在這一夜，朗讀了《養樂多燕子隊詩集》這短篇小說（之類的文章）。這作品的一部分曾經在「養樂多燕子隊球迷俱樂部」的會報上刊登過，不過全文完整地在人前曝光，今夜還是第一次，可以說是「本國初次公開」。算是在比較輕鬆的心情下暢快寫的，不是多鄭重的東西，因此只要大家讀得開心，就最好不過了……是

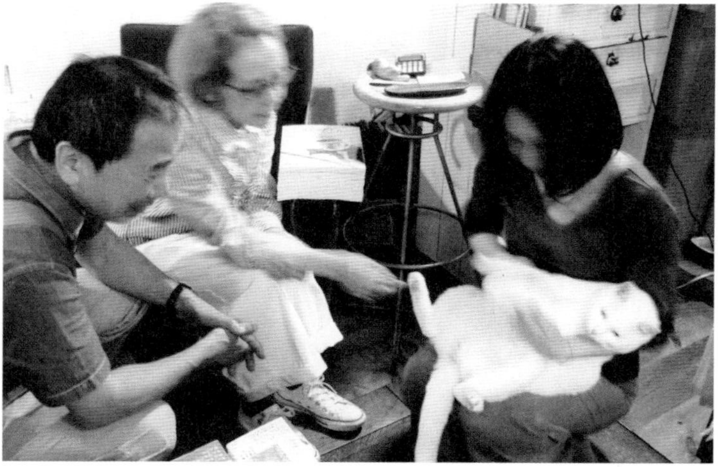

橙書店的招牌貓白玉君

在這樣的心情下開始的。朗讀之後，「東京魷魚乾俱樂部」的三個人做了輕鬆的對談，一切的一切都可以算是充實的熊本之夜。希望不久後還能和白玉見面。我對隔壁店一杯只要200日圓起就能喝到的飲料，也很感興趣。

3 漱石住過的房子，芭蕉樹

我聽說熊本市內有夏目漱石在熊本最後住的房子，幾乎還原樣保存著，就想如果有機會要去看一次，得到現在屋主的允許，很幸運地得以拜見。漱石明治33年（1900年）曾經在北千反畑町的房子住了四個月，當時他是熊本五高的教師。月薪100日圓，這在當時已經是打破慣例的高了，但他似乎對在地方都市擔任教職不太感興趣，因此熊本時代的漱石，無法安定在一個地方，四年三個月期間竟然搬了五次家。而且在這棟房子才住不久，又接到國家命令前往英國留學，於是趁那機會他便離開了熊本。

房子是明治33年建的（也就是新屋落成不久，漱石就租下搬進去住）然後經過將近一百二十年，現在還堅固地由住戶使用著。庭園還和漱石住的時候一樣，大芭蕉樹依然長得枝葉茂盛。芭蕉每年一到夏天就要從根部切掉。不過立刻又會重新茂盛地長大。每年重複。雖然不認為現在在這裡的芭蕉樹，就是漱石當年所望的同一株芭蕉樹，不過從那模樣看來，某瞬間也令人感覺說不定就是。雖然人來了又去了，但樹木和那無關，在那裡生根，就留在那裡。樹幹被切掉，枝葉又再長出來，被切掉又再長出來。

以當時的房子來說，是稀奇的兩層樓房。爬上陡峭得可怕的樓梯（下樓相當可怕），是空曠的大客廳，似乎當成書房用。除了書桌之外幾乎沒放其他家具。和一樓的日常家居生活隔開，成為孤零零的獨立空間。在靠窗位置的書桌前坐下時，可以俯視芭蕉茂盛生長的庭園。綿綿細雨就在那裡安靜地繼續下著。夏目漱石對熊本時代所住過的幾間房子，相當神經質地寫了一些怨言，但對這最後住的地方可以看出似乎某種程度還算滿意。或許因為這在二樓的安靜書齋，和家人隔開，可以一個人靜靜地專心思索吧。

雖然是市內的房子，但仔細傾聽時卻發現幾乎完全聽不見任何噪音。傳進耳裡的只有細微的雨聲。時間彷彿逆轉到一百二十年前般，有一種不可思議而且親密的感覺。漱石先生是以什麼樣的心情，一個人在這書齋裡度過時間的？可能懷著各種煩惱、鬱悶和夢想吧。鏡子夫人在那兩年前曾經在流經市內的白川，企圖投水自盡。當時她才二十一歲。幸虧被正好在場的漁夫救起，挽回了一命，但夫婦之間卻留下傷痛。詳細情形不太清楚，但無論如何似乎不是那麼簡單的人生。

現在這棟房子，是由屋主的親戚，住在附近的兩姊妹（八十歲和七十五歲）在

夏目漱石的舊居，曾經執筆的房間

照顧，雖然管理維持得相當清潔，但終究有漏雨的地方，也不知道能繼續到什麼時候，本地的文化團體似乎正在檢討購入事宜。難得還堅固地保存到現在，但願能順利保存下去。

4 繞著城的外圍跑步

我想到熊本城的周圍跑步，因此把慢跑鞋塞進旅行袋帶來了，但不巧持續下雨，很難出門。不過星期六早晨六點前醒來時，真難得雨終於停了。雖然天上還密密地覆蓋著厚厚的雲，但路上行人卻沒人撐傘。心想：「好吧，就趁現在去跑。」趕快換上跑步服裝，走出路上。在城的外圍跑步心情相當愉快，最可喜的是不會被交通號誌阻擋。濕度很高，稍微跑一下就已經滿身大汗。

不過有一件事令我有點困擾。路上擦身而過的市民，大半都會明朗地大聲招呼「早安！」友善當然是一件好事，不過對於這樣溫暖地被迎接，雖然來訪的旅行者完全沒有理由抱怨，但每次被打招呼，禮貌上總需回禮才行，只是必須一一大聲回「早安！」就不能思考事情了。我喜歡悠哉地一邊想事情一邊跑步（老實說，其實並沒有想什麼了不起的大事），不過這「早安」攻勢，老實說讓我有點啞口無言。以前我雖然在全世界各個地方跑過，但從來沒有這樣頻繁地被迎面而來的人打招呼過。在希臘的島上，有時村民會對我說：「休息一下，喝個茶，再跑吧。」雖然如此也沒這麼多人打招呼。熊本這個城市或許有必須喚起居民繼續保存固有善良風俗的意識？或正在發起「大家一起來開朗地互道早安」的市民運動？

那個歸那個，在城的周圍跑步，是相當愉快的事。熊本城非常美，而且是個保存得令人感覺溫暖的城。給我的印象是，市民全都很珍惜城。城在地勢上和精神上，自古以來直到現在，都成為熊本這個城市的中心（簡直像心臟一樣），看來人們似乎把城的存在巧妙地融入日常生活中了。這次時間不夠，所以沒能登上天守閣，只在早晨的一小時左右，繞著周圍跑步而已，但就感覺到那種自然而親密的氛圍了。說起來從任何地方都看得見城的生活，想必是一件美好的事。並不像卡夫卡的《城堡》那樣「雖然看得見卻到不了」。何況據說熊本市還有「在城的周圍，不可建比石牆高的建築物」的條例，我覺得這是非常美好的事。夏威夷的考艾島也有「不可建比椰子樹高的建築物」的條例，或許和那相似。身為旅行者，我也希望這裡永遠保持現狀，不要失去「城下町」優閒的時間性之類的東西。

5 到萬田坑去

我們去參觀最近因「申請世界遺產」是否順利而經常成為話題的「萬田坑」。「萬田坑」是熊本縣北部荒尾市一個煤礦設施的遺跡。曾經繁榮一時，現在卻已經不採礦了（煤炭需求減少，採礦成本過高），已成為無人的廢墟。老實說，我本來對世界遺產或礦坑都不太感興趣，不過如果我把沒興趣的地方一一只經過卻不去的話，實在無法成為有內容的旅行，也會沒辦法寫出這種遊記。所以還是打起精神努力去看回來了。但結果卻相當有趣。

萬田坑雖然在熊本縣，但實際上是三池煤礦這巨大礦脈的一部分，因此幾乎是在與福岡縣的縣界上。部分設施甚至屬於大牟田市。換句話說，只是碰巧礦脈上方人為地畫上縣界的線而已，以煤礦來看，是屬於熊本縣或福岡縣感覺就像「那種事，跟我們無關」，只躺在那裡不動，但從行政觀點來看，姑且把萬田坑放在熊本縣的管轄之下。因此，我們就當那是探訪熊本的一環，去訪問萬田坑了。

從熊本市內，到荒尾市路途相當遠。在那之間從車後座往外眺望時自然明白，熊本縣山很多，山上長滿許多樹。像是縫合山與山之間般地流過許多河川。重新佩服「嗯，日本還長有不少樹嘛」。沒有山的地方，則有許多水田，到處都正忙著插秧。大家都在拚命工作。我也不能偷懶，必須認真工作才行。

然後我們在熊本縣，看到的房子大多擁有瓦片屋頂。以前不太注意，試想起來，東京都內最近逐漸越來越少見到瓦片屋頂這東西了。有或沒有屋瓦，風景的印象截然不同。此外到荒尾市的路上，一次都沒和保時捷、法拉利、和賓士S級迎面會過車。相對的則有許多輕型汽車。道路大多平坦光滑，不會震動車身，託這個福，我一路上睡得好舒服。熊本縣的路況似乎相當不錯。由於季節的關係，好多燕子低空飛過，讓我想起很多關於養樂多燕子隊命運的事。到熊本來，還去想養樂多燕子隊也沒辦法啊（廣島迷，每次看到鯉魚是不是也會想起廣島鯉魚隊呢）。

於是，到了萬田坑，首先吸引目光的是，那裡的紅磚建築完全是西歐風格的。模樣幾乎像廢墟一般，在什麼都沒有的空曠草叢間寂寞地聳立著模樣優雅的英國風格建築，感覺有點像出現在狄更斯小說裡的風景。為什麼會這樣呢？我問導覽的先生（是位剛邁入高齡的前輩），他親切地告訴我們，因為這裡最初安置的機械全都是英國製的。明治初期，在煤礦技術方面英國擁有世界最尖端的技術。因此當然會由英國進口全套機械，且連放置的設施和建築物，也不得不完全採取英國製。想必當時是忠實地依照從英國送來的設計圖砌起磚頭，訂製拱型窗戶，確實依照原始設計圖建造的。或許不是一磚一瓦全都從英國運來，但無論如何真是道地的英式建築。或許也因為如此，周圍的其他建築物都倒塌了，只有那批建築物直到現在還堅固地繼續聳立在那裡。

剛落成時，人們仰望這建築物，想必深深感嘆和佩服那異國風格的壯麗。嶄新的紅磚鮮豔地閃著光輝，窗玻璃像是炫耀般地反射著陽光，建築物中最新式的機器必定也發出盛大的滾輪聲。在當時人們的眼光中，想必那正反映出日本現代化的象徵。然而現在卻只不過是殘留在荒地上的廢墟而已。周圍還環繞著紅色生鏽的小台車用鐵軌。綠色雜草在梅雨季吸滿豐沛的雨水，和歷史毫無關係地恣意到處蔓延領地。不可思議地見不到花，只有雜草。

當時的機器幾乎還原地不動地安裝在那建築物裡。礦坑在1997年廢棄，那些機器從那以後一直還留在原地，沒做任何事只優閒地沉睡著（不用說，那不是機器的責任）。萬田坑被指定為國有重要文化財，雖然也成為觀光景點，但看來，到目前為止似乎並沒有受到多少熱情的注目。但忽然成為「（可能成為）世界遺產」的注目焦點，這樣急遽的發展，似乎帶來一些困擾。就像本來正舒舒服服地呼呼大睡的人，忽然被搖醒了那樣，甚至覺得有點可憐。實際上如果成為世界遺產的話，一定會更激烈地被搖醒。如果是我，可能會希望繼續這樣悠哉地睡下去，不過不知道礦坑的想法如何。

留下的設施中，最值得一看的是，地下264公尺的坑道和地上之間以一分鐘升降的鐵製升降機。由於發生毒氣時會很危險，因此根據國家指示，這豎坑已經以水泥嚴密地堵塞起來，只留下升降機和坑道入口。雖說是升降機，但既沒有門，也沒有什麼，只有鐵框般的東西。因此要在那裡擠25個人（限定人數），像沙丁魚罐頭般，一口氣咻地下降到漆黑如地獄最底層般的地方（順便一提，六本木之丘的瞭望台，海拔高度是250公尺），對於有懼高症的我來說，光想像就腿軟了。

明治40年，四個作家朋友一起來造訪這萬田坑，年輕時的與謝野鐵幹，為了寫報導而實際搭乘過這可怕的升降機（書上只寫「三池炭礦」，並沒有具體記載地名，不過似乎就是這萬田坑）。我深深佩服明治時期的作家真偉大。再怎麼說他們那樣做是為了寫報導，但要是我，那麼可怕的事就無法辦到。

不過在這廢礦設施中，令我留下最深刻印象的是，擔任導覽的這些剛邁入高齡的男女前輩。他們說「我們是人才派遣中心派來的」。換句話說，他們是老人志工，非常親切，看來就一副規規矩矩的樣子。請教他們什麼時，都非常客氣地回答。雖然那熊本腔，有時難免聽不太明白，不過就像笠智眾先生（編注：日本著名男演員，出身熊本縣，有很濃的熊本腔）。特地為我們導覽般。託他們的福，我們才能懷著溫暖的心情離開設施。對於幾乎不關心世界遺產的我，就算是為了他們這樣的人，我也希望「萬田坑」能成為世界遺產（我個人姑且也發起一個「請讓太田胃散成為世界遺產」的運動）（編注：胃散和遺產在日文中拼音皆是いさんisan，作者玩了同音遊戲）。我想了一下，如果能成功也很好（話說後來，我想各位也知道，在這不久後，萬田坑就順利地成為世界遺產了。接下來只剩太田胃散了）。

其次在探訪萬田坑的回程，我們在「高専ダゴ」（Kousendago）（荒尾本店）這家名字有點怪的店吃的大阪燒也十分美味。大得不尋常的大阪燒，用大得不尋常的鐵鏟啪一下翻面的模樣，值得一看。荒尾街上不知怎麼有好幾家大阪燒店，可能以前礦工們都很喜歡吃大阪燒吧……不知道是不是這樣，不過不管怎樣，如果有去萬田坑的話，回程請務必到這裡來試吃看看。一邊喝冰得透透的香檳王（Dom Pérignon）一邊吃會非常美味，因此別忘了攜帶上等香檳酒玻璃杯……其實這完全是開玩笑。我們只不過喝了普通的生啤酒而已，那樣就完全OK了。非常庶民的館子。

6 到人吉的SL之旅

「如果到熊本來一定要搭乘SL（蒸汽火車，Steam Locomotive）去人吉。」因為吉本小姐這樣說，因此原來對SL和對人吉都不太關心的我，也就聽話地從熊本車站搭了SL。在「東京魷魚乾俱樂部」的旅行中，我大概都像這樣聽話地行動。吉本因為有很多機會為東京「來熊」的朋友們做導覽（她是個朋友很多的人），因此相當習慣搭這列車。「要買這樣的便當，在這一帶一邊看著河一邊吃喔！」行程已經排得好好的。都築君想去別的沒規定的地方吃便當時，還被她嚴厲地數落一番。像罵一隻沒教好的惡犬那樣。真可憐。不過姑且不提那個，在車內賣的御馳走（Ogottsuo）鐵路便當倒是相當樸實而美味。

SL列車並不是每天都行駛，例如6月就只有週末才運行。路線有連接鹿兒島和熊本的肥薩線和鹿兒島本線，熊本和人吉之間一天往返一次，沿路有很多人從路邊向我們揮手，勾起類似旅行中微妙的心情。不過我卻望著滾滾冒出的黑煙，心裡擔心冒出這麼盛大的黑煙，住在沿途的人洗好的衣服豈不都會沾上許多煤灰嗎？我深深感覺蒸汽火車頭行駛中看起來固然美得像畫，然而卻不適合現代的實際生活情況。下了火車之後，還一直在擔心洗好的衣服（因為我平常會晾洗好的衣服）。

順便一提這SL蒸汽火車非常受旅客歡迎，對號座位總是立刻賣光（座位一律對號入座），因此想搭乘的人最好提早訂票。搭乘蒸汽火車和搭乘電車的感覺不一樣？這個嘛，我想是有一點不同。例如，我平常是用類比唱盤聽黑膠唱片的，唱片和CD的聲音有點不同。蒸汽火車和電車之間，差別或許正像唱片和CD的差異那樣。雖然不是截然不同，但會有一點（確實有）不同。那種感覺上的不同，對有些人來說可能成為相當重要的不同。只是，不用說，類比唱盤是不會冒出黑煙的。

火車路線從中途變成單線，因此要在一些車站等候會車。不過每個車站都各具風情，可以稍微下車一下透透新鮮空氣，看看周圍的風景。因為是不急的旅行，因此那樣也很愉快。列車沿著球磨川行駛時，從車窗望見的風景漸漸多變起來。這一帶的風景可能被列入JR日本鐵道之旅「全國車窗絕景排行榜」的前幾名。而且看得見在激流中泛舟的人們的模樣。

「所以我就說要在風景好的這一帶吃便當的嘛！」都築君又被吉本小姐數

落了。

我們在人吉吃了鰻魚飯。走進過世的安西水丸兄喜歡去的「上村鰻屋」。店的格局不是很大，看來是屬於小巧型的店，但後方則有「還能進去、還能進去」的深度感。而且店裡充滿了烤鰻魚的香味。這裡所用的鰻魚是九州（熊本、宮崎、鹿兒島）產的，因此點餐之後，廚師才開始動刀，用炭火燒烤，據說到烤好為止需要稍微花一點時間。不過一邊小口啜著酒，一邊等候鰻魚烤好，也相當不錯。

這裡的鰻重（鰻魚盒餐），是在鰻魚和鰻魚之間夾進白飯，也就是所謂關西式的鰻重，只燒烤不蒸，因此肉身酥酥脆脆。特製的調味汁相當甘甜，再撒上足夠的山椒來吃。習慣了東京軟綿綿的鰻重的人，可能會覺得「咦」。說起來我（只有）在吃鰻魚上，比起關西式，我更偏好關東式，不過偶爾吃吃這種也很美味。因為肉又厚又緊實，吃完之後很有飽足感。

關於人吉市想得起來的只有這鰻魚店。其他沒有特別看什麼。啊對了，後來在這裡忽然想起，川上哲治是人吉市出身的。很久以前，我看過《川上哲治物語 背號16》的電影。在人吉的學校棒球隊擔任投手相當活躍的川上少年，據說聽了「你如果留在這樣的鄉下，才華會被埋沒」的話，於是離開故鄉人吉，到被挖角的熊本市內的棒球強校去。川上少年想必也珍惜地抱著球棒和手套，同樣搭上我們所搭的肥薩線SL，一邊眺望著球磨川的美麗河流，一邊懷著不安和夢想一路前往熊本吧。

7 海上的赤崎小學

從人吉搭車在彎彎曲曲的沿海道路上前進，到津奈木町（位於緊鄰水俣市北邊）的赤崎小學去。只是這小學因為人口過疏化，學生人數年年減少，加上建築物的耐震性也成問題，已於2010年3月廢校。廢校？那我們為什麼還要特地來參觀已經關閉的小學呢？理由是，這小學的校舍建在海上。從遠處俯視時，看起來確實很像浮在海上的客船。相當漂亮。

海上本來就沒有地址，因此這校舍部分就沒有地址（地號）這東西。如果一定要寄信來這裡的人，收件地址只能寫成「熊本縣葦北郡津奈木町福浜165番地的前方」。總覺得「的前方」感覺很不錯。表示到這裡為止有土地，再往前就是海上了。非常有海上生活的氛圍。據說還留下孩子們下課時間可以從窗子裡伸出釣竿來釣魚的傳說。

赤崎小學這個區域，是山勢朝海陡峭突出的地形，很難保留夠寬的平地，也無法設夠大的運動場。因此孩子們便處於無法隨心所欲地運動的狀態。所以乾脆就在海上建造新的校舍。建築物看起來是相當氣派的校舍。鋼筋混凝土造的三層樓房，模仿船窗的圓形窗非常雅致。於1976年落成，因此三十四年之間，充滿了孩子們的歡笑聲（與其他種種）。雖然事非得已，但這樣非常氣派而且還能使用的校舍就這樣廢校，實在太可惜了。我相信這裡還留下很多人美好時光的回憶。

我們到這所小學時是星期六，熱心的津奈木町公所的職員，還特地來為我們打開校舍的門鎖。一踏進校舍裡時，首先感到驚訝的是，內部幾乎原封不動地保持原狀。桌子、椅子都齊全，圖書館的書還排在書架上。各種用品也幾乎沒動，裝在牆上的擴音機好像馬上就要播出校內的廣播似的，備餐室貼著卡路里數這類圖表，職員室堆積著各種文件。校長室的櫥櫃裡陳列著輝煌的獎盃和獎狀。看來簡直就像剛剛才發生什麼突發事件，老師和學生全都往某個地方緊急疏散避難去了，只有學校還原樣留著。好像現實逐漸微妙地乖離下去似的光景。顯示這所學校已經關閉了幾年的是，地板上到處留有無數海蟑螂的死骸。海蟑螂不知從哪裡唏唏唆唆地侵入學校，在那裡斷了氣。為什麼海蟑螂非要爬進學校來死不可呢？這誰也不知道。海蟑螂所想的事情是個謎。

如果說萬田坑的建築物是累積了年歲的歷史性廢墟的話，那麼這邊卻是才剛建好，好像還暖烘烘地完整留下日常生活模樣的廢墟。人們的一些動靜，微小的感覺之類的，還點點滴滴隨處黏在許多東西上。甚至感覺小學生們，好像隨時都會從走廊的角落熱鬧地衝出來似的。

以奈津木町來說，到現在也希望能有效利用這已經沒有用處的建築物，而且也在積極尋找買主。然而耐震性問題成為障礙，事情似乎很難進行。最壞的情況可能只好拆除。建築物現在被棄置著，確實正逐漸老朽化，但地點相當有魅力，海景也美麗而清澈，如果順利，或許可以改建成休閒設施。

這所小學的前方有弁天島和赤尾島兩個小島，退潮時可以走到那裡。漲潮時那滿布岩石的通路就會隱沒到水面下去。我們造訪時正好是退潮，所以能走過去。能夠在這種大自然懷抱中的小學校度過童年時代，實在非常幸福。應該會留下許多美好的回憶。現在這一帶的孩子們都得搭三十分鐘左右的巴士，到津奈木町中心地區的小學去上學。從巴士通過的路上，還可以看到這所浮在藍色海上的客船般，現在已經關閉的小學校舍。

8 到阿蘇去

我們在位於八代市近郊日奈久溫泉一家名叫「金波樓」的古老旅館住下。這家創業於明治43年的古老旅館，是當時稀奇的木造三層樓建築，依然原樣保留著，成為國家登錄的文化財。雖然地板稍微傾斜，從走廊幾乎可以看見整個男用露天浴池，但如果不去計較這種細微小事的話，還稱得上是風格古雅，樣式豐富，可以相當優閒地放鬆的溫泉旅館，甚至一時會產生好像搭上時光機器般的錯覺。總之這家旅館地板光澤的情況真是一絕。光是看著就感到佩服，一定是經過細心打摩擦拭的。要住這家旅館是吉本小姐要求的。她說「很想住一次看看」。

這一帶自古以來是以栽培藺草而繁榮的地方。藺草這東西是製造榻榻米的材料，據說八代就佔了全國產量的八成到九成，真不得了。還聽說在全盛時期，收購業者和產地農家的人，懷裡都揣著大把鈔票到處遊玩。在熊本也算是最熱鬧的地區。不過現在由於便宜的中國產藺草進來，加上榻榻米的需求本身也減少，耕作面積掉落到全盛時期的三分之一。因此這地方的景氣似乎也不太好。

日奈久溫泉區一到傍晚就很安靜，或不如明白說是相當冷清。路上暗暗的，沒幾家店開著，只有幾間附卡拉OK的飲食店還在營業。到街上閒逛的溫泉旅館住宿客，也一副閒得無聊的樣子。問計程車司機，據說「以前還有脫衣舞劇場，非常熱鬧喔，現在嘛……」。最喜歡那種熱鬧「溫泉設施」的都築君，看來期待落空，非常遺憾的樣子。雖然九州新幹線就從旁邊通過，但很可惜那恩惠似乎並沒有到達這裡。

八代市內還留下幾家仍保留往日模樣的巨大酒店。最大的一家是名叫「白馬」的酒店，也就是以少女時代的八代亞紀（出身於八代市）謊報年齡站上舞台，光榮地當上歌手一事著名的酒店——這是酒店業界權威都築君說的。嗯嗯。對酒店業界不太感興趣的人，也覺得這「白馬」的建築物和霓虹招牌有值得看的價值。可以感受到類似昭和的氣派。設計得相當不錯。不過我們是在安靜的星期天早晨造訪那裡的，因此無法知道現在到底繁華熱鬧到什麼程度。

「白馬」附近有一條附有拱廊的大型商店街，有一家名叫「黑貓收音機」的獨特電器行（不過店裡沒有黑貓，只有狗）。這家的老闆森先生父子是道地的音響迷，身為真空管擴大機的製作者，在那個世界小有名氣。表面上是非常普通的商店街電器行老闆，但店裡卻有真正的工作桌，父子倆著迷地自己製作真空管擴大機。沿著牆壁排列著幾組Artek和ＪＢＬ的巨大喇叭，如果客人有要求，他們會切換各種擴大機，讓你聽美好的音樂。可以說是披著羊皮的狼，或披著電器行外衣的音響狂。不過並不像狼那麼可怕。他們只是出於講究而已，人倒非常親切。

我請父親森精一先生用昨天晚上才剛剛完成的真空管主擴大機（Main amplifier），播放他最近才自己組裝的ＪＢＬ音響，聲音非常美，實在沒想到是功率０・８瓦特的。從前的喇叭能率很好，因此完全沒有必要用最近到處可見的大功率擴大機。喇叭發出非常簡潔且具有個人色彩的聲音。這套系統的低音喇叭（woofer），用的是ＪＢＬ Ｄ１３０型38公分的單體，其實我在家裡也使用這種組合系統，但聲音的印象卻和那完全不同，因此比較起來非常有趣。

星期天從早晨開始就和這對有趣的父子聊音響，度過了心情愉快的一段時光（星期天本來是固定休假日，但因為鐵門半開著，於是打過招呼後就讓我們進去）。

雖然真想以各種喇叭和各種擴大機的組合，繼續優閒地聽音樂，但在東談西扯之間，已經逼近往阿蘇的特快車開車時刻，因此不得不抱著遺憾打斷話題。

如果委託這對父子，而且條件符合的話，似乎可以向他們訂製真空管擴大機。不過因為是手工製作的，無法大量生產。有興趣的人請向八代市的「黑貓收音機」洽詢。這家店似乎隨時歡迎喜歡音響和音樂的人。

我們在八代車站買了「鮎屋三代」的香魚便當，搭乘「九州橫斷特急」。香魚便當實在真美味。我想這樣吃下去的話，體重一定會增加，但還是吃掉了。旅行途中，體重管理很難辦到，只好放棄。吉本小姐和都築君是無論如何都能津津有味地把飯吃完的人（吉本小姐怎麼吃都吃不胖，而都築君似乎是吃多少就會在身上長出多少的體質），我也陪著他們吃了各種東西。

我們所搭的列車不知怎麼有很多泰國年輕旅客，全都和我們一樣在阿蘇站下車。有手臂上刺青的男孩們，有苗條而時髦的女孩們。這麼年輕的泰國觀光客到底要到阿蘇做什麼？是因為泰國沒有火山（我想大概沒有）？是為了增長見識而想去看？就像我們到泰國去看象的農場一樣。我很想問一問這方面的情況，不過因為忙著吃便當，結果沒問成。泰國年輕人到阿蘇去到底做了什麼？（後話：我試著調查了一下，據說泰國播放了一部以九州北部為舞台的電視劇很受歡迎，因此現在泰國，九州旅行正熱門。原來如此。）

在阿蘇，沿著11號縣道（又稱「山並高速公路」）我們看到非常驚人的不可思議光景。極目所見，大小綠樹都漂亮地剪成動物形狀。這是稱為「造型修剪」（topiary）的園藝技法，那樣的樹木居然達７００棵之多。真是十分可觀的數量。這是由若宮道男先生製作的，他在路邊開了一家賣玉米的店（沒有店名）。據說他本來經營畜牧業，但後來因人手不足不得不歇業，於是在農地上種起玉米等蔬菜，並在路邊賣起那些收成。又在農閒時不知不覺間投入了類似「剪刀手愛德華」式的創意園藝工作。他製作了各種各樣的動物，好像尤其以鳥最多，不過從牛、烏龜、馬、象、恐龍到熊本熊，甚至舉著球棒擺姿勢的鈴木一朗，總之所有的生物都到齊了。而且全都剪得栩栩如生、精巧絕倫。要製作出那些，想必花費相當多時間和精力。此外，要維持和管理成品形狀，不致凌亂一定也費盡辛勞。想到這些不禁肅然起敬，忍不住深深讚嘆。

店裡因為要烤的玉米不夠了（我們吃的碰巧是最後的玉米），若宮先生趕緊到園裡去採玉米，因此不在，可惜無法聽他本人談話，不過他太太告訴我們大致的情形。若宮先生製作這些造型修剪是從大約二十年前開始的，從此以後就投入全副精神持續製作，數目大約達到７００棵之多。所使用的樹木幾乎都是黃楊木，因為黃楊木容易修剪雕琢，因此運到這裡來種植，然後仔細地修剪成形。店後面是谷地，谷的這邊空間不夠了，又把對面的谷地租下，在那邊也出現修剪成形的動物群。對面看起來像寬闊的牧草地，邊緣則排列著綠色的動物。

特地到山谷地的對面，在那裡修剪造型嗎？

沒錯。

那不是很辛苦嗎？

是很辛苦啊。

若宮太太對先生那種熱情的、有時甚至感到有點瘋狂的（是吧）「林木造型修剪」，長年下來究竟是懷著什麼樣的想法呢？不方便這樣冒昧直問。因為若宮太太正忙著烤玉米照顧生意（一根300日圓）。不過從她的口氣可以感覺得出「他既然那麼喜歡地拚命做，也沒什麼害處，就讓他去做吧」的氣氛。雖然感覺不到梵谷的弟弟西奧·梵谷的獻身式崇拜態度，但幾乎完全聽不出任何批判的意味。

實際上，哪裡有害，很多觀光客都是被那成排造型樹的光景所吸引而不由得停下車子，走進店裡來買玉米吃的（我們也正是其中的一批），我想這造型樹群，從營業觀點來看，可以斷言有很大助益。雖然那要稱為「藝術」或許有困難，不過應該可以稱為一種「成就」。而且在我們所居住的這個廣大世界，存在著許多不容許批判介入的「成就」。我們面對那樣的成就，或自我完結，唯有驚嘆、唯有敬佩的份而已。

9 最後來談熊本熊

既然訪問了熊本，可能還是要提一下熊本熊才好。因為在熊本旅行五天之間，所到之處都看見熊本熊。不如說，到了要找出沒有熊本熊的風景都很難的地步。要想起沒有熊本熊的熊本縣，可能比要想起去除鮪魚和山葵的壽司店更困難。可能比想起沒有交通偵防車的小田原厚木道路更難。比想起沒有萬字旗（Hakenkreuz）的納粹德國更難……這麼說也許有點不妥。請忘記這個。對不起。

總之海報也好，看板也好，說明書也好，礦泉水也好，甜點包裝盒也好，巴士也好，電車的側面也好，皮包也好，帽子也好，T恤也好，所有一切地方熊本熊都會露面。連租車處的TOYOTA PRIUS車體，也是紅黑兩色的「熊本熊圖案」。要說熊本縣整體已經「熊本熊化」了也完全不過分。《熊本日日新聞》上，每天刊載以熊本熊為主角的四格漫畫。不久以後熊本熊或許會寫社論也不一定……這當然是開玩笑的。

這不只是熊本而已。東京都港區便利商店的貨架上，也排滿了熊本熊商品。看到這些時，到了我都想吐槽，逼問：「喂喂，這裡是熊本縣嗎？」的地步。熊本熊本來是熊本縣為了推展「熊本驚奇」PR公關活動的地方吉祥物，然而轉瞬間全國都流行起來，現在看來似乎已經發展成可以稱為「熊本熊企業」規模的產業了。這十年來世間雖然出現了許多吉祥物，卻沒看到像熊本熊這樣亮眼的全國性成功例子。這樣說或許不妥，不過那簡直就像強力的病毒一樣，不斷增殖，往外擴散侵蝕。

我想事先聲明一點，我對熊本熊，並沒有好印象或壞印象。只覺得有這種東西而已，既不肯定，也不否定。並沒有因為喜歡而買，也沒有穿上有熊本熊圖案的褲子，沒想要開有熊本熊圖案的TOYOTA PRIUS，不過也沒有刻意要排除、抗拒。只是在這趟旅行中，對於所到之處到處看到熊本熊這件事，老實說可能有點吃太多，感覺膩了。如果事情像這樣沒完沒了地進行下去，不知道適可而止的話，熊本熊商品會充滿全世界，而熊本熊這個角色如果變成「膾炙人口」的話，連熊本縣的存在本身也會變成「膾炙人口」嗎？如果熊本熊給人的印象因為量產而陳腐化的話，熊本縣給人的印象是否也會隨著陳腐化呢？這件事讓我有點擔心起來。

不過，熊本熊今後的命運會如何，是熊本縣的問題，和神奈川縣民的我幾乎沒有關係。這種事大可放著不去管，不過我一旦開始擔心起什麼事，沒辦法個性上就會一一去注意那因果的發展。還到熊本縣廳「工商觀光勞動部・觀光經濟交流局・熊本品牌促進課」這個名字超長的單位去，請教熊本熊企畫負責人（很遺憾無法詢問熊本熊本人。熊本熊的頭銜「熊本縣營業部長」，明明白白是地方公務員，現在非常忙碌）。

「工商觀光勞動部・觀光經濟交流局・熊本品牌促進課」可能是個幹勁十足地做著向世界推銷熊本熊形象的工作，希望成為最先進而活躍的辦公室（電話響個不停，大家全都睜大眼睛啪搭啪搭敲著電腦鍵盤，諸如此類）。實際上是看來很優閒的單位。當然大家都很認真地努力工作，但或許受到熊本熊個性的影響，看來體質上似乎是溫暖系的單位。談話之間，電話一次也沒響，也聽不見大聲怒吼或歡呼聲。以下是和負責人對話的概要：

全世界彷彿到處都是熊本熊，那本來就是戰略嗎？

與其說是想讓它到處都是，其實是想讓只要想用的人原則上都可以免費使用熊本熊的商標和角色，結果因此到處都被大量使用。

請問有沒有審查使用者的身分和用法的對錯？

當然有。但只要有提升熊本縣的形象（或沒有特別損害），大概都會發出許可。

具體上，是如何提升熊本縣的形象呢？

例如以食品來說，只要是使用熊本縣產的食材製成的食品，就可以自由使用熊本熊。我們會發使用許可號碼給獲得使用許可的人。使用者必須提示許可號碼才行。

如果使用少許食材也行嗎？

只要使用少許就可以。

色情產業之類的呢？

那種申請我們並不受理（當然吧）。

最初的熊本熊認可商品是什麼樣的東西？

佛壇。

熊本熊佛壇？

沒錯。

熊本縣有這樣的需要嗎？

我們不會了解到那理。

熊本熊的成功會為熊本縣帶來什麼樣的利益？

根據日本銀行的試算，由2011年開始的兩年間，熊本熊所帶動的經濟效益達到1244億日圓。

那所謂經濟效果具體說來，到底是誰得到的？（而且如果日本銀行擁有那樣正確的試算能力的話，為什麼日本會變成如此債臺高築的國家呢？）……本來想這樣問的，但又轉念作罷。因為面對這樣笑臉迎人的親切負責人，如果提出這種問題，覺得自己好像在「虐待熊本熊」似的。到底那裡有誰會想虐待天真無邪的熊本熊呢？

我去造訪熊本縣政府，和負責熊本熊的人談話後，深深感覺到的是，熊本熊這人為「製品」的存在，好像已經偏離了創造者，和熊本縣「工商觀光勞動部・觀光經濟交流局・熊本品牌促進課」的想法和掌控，逐漸獨自一人走了起來。簡直就像傳說中的「巨人」（Golem，希伯來傳說中的魔像）那樣。可能誰也無法阻止他的腳步，也無法改變他的前進方向。而且那對他前進的路線正在到處散播著所謂「經濟效益」這另一種莫名其妙的「什麼」。

熊本熊今後是否會像「凱蒂貓」（Hello Kitty）或「海螺小姐」（長谷川町

子1946年創作的漫畫）般普遍化，以固定角色安定下去，或因「膾炙人口」而慢慢陳腐下去，一介小說家的我也無法得知。不過無論如何，熊本熊現在總之還在繼續健康地猛烈增殖中，隨著增殖，或許會更加遠離熊本縣這原本生根的土壤。正如「米老鼠」普遍化之後，就失去原本的「老鼠性」一樣。沒錯，我們是活在擁有結構非常複雜的世界。這當中形象擁有相當大的意義，實質則在那後面拚命追趕上去。

不過不管怎麼樣，我今後每次想起這次的熊本之旅時，可能都會有這種感慨吧。「那次旅行中，總之經常下雨，到處充滿了熊本熊。」一個作家所懷有的這種類似感慨的東西，是否也以某種形式包含在熊本熊經濟效益之中呢？

後記

這應該可以稱為旅行記，或我在這約二十年間為幾個雜誌把造訪過的世界各地所寫的稿子，整理成冊的東西。大致以發表的時間順序收錄，不過在編輯過程為了方便也稍做了些調整。

第一篇〈查爾斯河畔的小徑〉刊登在雜誌《太陽 臨時增刊》號上，第二篇〈有青苔與溫泉的地方〉登在《TITLE》雜誌，最後一篇〈從漱石到熊本熊〉登在文藝春秋的女性雜誌《CREA》。其他則是在日本航空公司以旅客為對象的《AGORA》機內雜誌上連載。《AGORA》本來是以照片為主的雜誌，因此對筆者所要求的稿子頁數非常少，我想「這樣的話，無論如何都太短了」，因此我每次都寫成長版和短版兩種。雜誌上刊載短版，長版則保留到出書時採用。

我在1980年代開始到2000年代，曾經陸續出過《遠方的鼓聲》、《雨天炎天》、《邊境・近境》、《終於悲哀的外國語》、《尋找漩渦貓的方法》、《雪梨！》紀行文，或海外滯居的書，因此從某個時間點開始感覺「嗯，旅行記暫停吧」，就不太寫旅行的事了。因為一邊想「這次旅行必須寫成紀錄」一邊旅行相當緊張，也很累。心情上不如偏向「忘記工作，讓腦袋一片空白，總之安心地享受旅行樂趣吧」。

不過接到寫旅行記的邀稿工作，想到什麼就寫下來之間，稿子也逐漸累積多了，這次終於能集結成冊。重新試讀整理出來的東西，心中略微湧起「啊，其他旅行，如果也能好好寫成文章該多好」的後悔念頭。因為除了收錄在這裡的幾篇之外，還有許多別的有趣旅行、印象深刻的旅行。在那些旅行中遇到許多有趣的人和各種有趣的經驗。不過現在後悔也沒用了。因為只有旅行記如果不在旅行後一鼓作氣寫下來，事後很難寫得栩栩如生。

漫無目的地在秋天的布拉格街上遊走的事，在維也納和小澤征爾先生度過歌劇三昧的日子，在耶路撒冷不可思議的彩色體驗，在夏天的奧斯陸度過一個月，在紐約和遇到的作家們談話，在西班牙的聖地牙哥康波斯特拉（Santiago de Compostela）的每一天，在紐西蘭開著生鏽的TOYOTA CAMRY（行駛10萬公里）之行。現在想起來，當初如果能把各種情景都確實記錄下來該有多好。不過當時只顧自己享樂已經忙不過來了。人生真是相當難以取捨。

本書的標題「你說，寮國到底有什麼？」內文中也提到過了，這是在轉機地點河內，當我說「現在要去寮國」時，一個越南人對我提出的問題。寮國到底有什麼，是越南沒有的呢？

被這麼一問，我一瞬間窮於回答。這麼說來，寮國到底有什麼？不過實際去看過之後，寮國確實擁有只有寮國才有的東西。這是理所當然的。旅行就是這麼回事。如果事先知道那裡有什麼的話，誰也不會特地閒得無聊出門去旅行。去過幾次的地方，每次去也都一定會有「咦，有這個東西！」的驚奇發現。這就是所謂旅行。

旅行是一件好事。雖然會有疲倦，會有失望，但一定也會有什麼。好吧，您也動身前往某個地方去吧。

《AGORA》的採訪經常都是和攝影師岡村啟嗣先生、編輯飯田未知先生三個人一起工作。每次都是相同的面孔。幸虧如此幾年之間才能如此愉快地依自己的步調工作。我想借這個場合，特地感謝兩位先生。

〈首次發表〉

查爾斯河畔的小徑
波士頓 1
太陽 1995 年 11 月號臨時增刊 CLASS X 第 2 號
「查爾斯河畔我私密的跑步生活」

有青苔和溫泉的地方
冰島
TITLE 2004 年 2 月號
東京魷魚乾俱樂部 特別篇「冰島魷魚乾獨自旅行」

想吃美味的東西
奧勒岡州波特蘭
緬因州波特蘭
AGORA 2008 年 3 月號 「兩個波特蘭」（前篇）
AGORA 2008 年 4 月號 「兩個波特蘭」（後篇）

兩個令人懷念的島

米克諾斯島

斯佩察島

AGORA 2011 年 4 月號 「希臘的兩個島」

如果有時光機器

紐約的爵士俱樂部

AGORA 2009 年 11 月號 「Live Jazz in New York」

造訪西貝流士和郭利斯馬基

芬蘭

AGORA 2013 年 7 月號「芬蘭頌」

大哉湄公河畔

琅勃拉邦（寮國）

AGORA 2014 年 10 月號 「大哉湄公河畔」

棒球、鯨魚和甜甜圈

波士頓 2

AGORA 2012 年 4 月號 「波士頓式的心情」

白色道路與紅葡萄酒

托斯卡納（義大利）

AGORA 2015 年 6 月號 「托斯卡納・白色道路與紅葡萄酒」

從漱石到熊本熊

熊本縣（日本）

CREA 2015 年 9 月號 「熊本旅行記」

藍小說967

你說，寮國到底有什麼？

作　者—村上春樹
譯　者—賴明珠
主　編—黃安妮
編　輯—黃嬿羽
美術編輯—蔡南昇
封面插畫—鄒駿昇
校　對—賴明珠、黃嬿羽、張致斌
排　版—李宜芝
董事長 總經理—趙政岷
總編輯—余宜芳
出版者—時報文化出版企業股份有限公司
10803臺北市和平西路三段二四〇號四樓
發行專線—(〇二)二三〇六—六八四二
讀者服務專線—〇八〇〇—二三一—七〇五
(〇二)二三〇四—七一〇三
讀者服務傳真—(〇二)二三〇四—六八五八
郵撥—一九三四四七二四時報文化出版公司
信箱—臺北郵政七九～九九信箱
時報悅讀網—http://www.readingtimes.com.tw
電子郵件信箱—liter@readingtimes.com.tw
法律顧問—理律法律事務所　陳長文律師、李念祖律師
印　刷—詠豐印刷股份有限公司
初版一刷—二〇一七年一月十三日
平裝本定價—新台幣三八〇元
精裝本定價—新台幣四五〇元
(缺頁或破損的書，請寄回更換)

時報文化出版公司成立於一九七五年，
並於一九九九年股票上櫃公開發行，於二〇〇八年脫離中時集團非屬旺中，
以「尊重智慧與創意的文化事業」為信念。

國家圖書館出版品預行編目(CIP)資料

你說，寮國到底有什麼？/ 村上春樹作；賴明珠譯. -- 初版. --
臺北市：時報文化, 2017.01
面；　公分. -- (藍小說；967)

ISBN 978-957-13-6854-2(平裝). --
ISBN 978-957-13-6855-9(精裝)

861.67　　105023095

RAOSU NI ITTAI NANI GA ARU TO IUNDESUKA? -KIKOBUNSHU
by Haruki Murakami

Originally published in Japan by Bungeishunju Ltd., Tokyo.
Chinese (in complex character only) translation rights arranged with
Haruki Murakami, Japan
through THE SAKAI AGENCY and BARDON-CHINESE MEDIA AGENCY.

ISBN 978-957-13-6854-2 (平裝)
ISBN 978-957-13-6855-9 (精裝)
Printed in Taiwan